COLLECTION FOLIO

François Bégaudeau

Jouer juste

Gallimard

Cet ouvrage a initialement paru
aux Éditions Verticales/Le Seuil en septembre 2003.

François Bégaudeau est né en 1971. Il a publié depuis 2003 : *Jouer juste*, *Dans la diagonale*, *Entre les murs*, récompensé par le prix France Culture-Télérama 2006 et *Fin de l'histoire*. Il est aussi l'auteur d'une fiction biographique consacrée aux Rolling Stones, *Un démocrate, Mick Jagger*, d'un essai, *Une année en France* avec Arno Bertina et Oliver Rohe, et d'un *Antimanuel de littérature* chez Bréal.

Il est collaborateur régulier de diverses revues et magazines, notamment *Inculte*, *Transfuge* et *Muze*, et chroniqueur dans diverses émissions de télévision.

L'adaptation cinématographique avec Laurent Cantet d'*Entre les murs*, dans laquelle il joue son rôle d'enseignant, a été récompensée par la Palme d'or du Festival de Cannes 2008.

— Jouer juste, dit-il, jouer juste doit seul vous importer. En ce moment vous ruminez, je parle à des vaches, ce n'est pas gratifiant. Vous vous dites que nous n'en serions pas là si l'arbitre avait sifflé la faute sur Frédéric au départ de l'action qui a amené leur égalisation, vous vous dites que le match serait déjà plié si sur ce même but un faux rebond n'avait pas trompé Mickaël, vous vous dites que si le vent, si l'état de la pelouse, si le destin, si un battement d'ailes de papillon à Pékin, vous vous dites plein de choses mais c'est mal vu et mal pensé. La vérité, je vous le dis avec toute la courtoisie due à qui écoute, la vérité est que vous avez cessé de jouer juste. Pendant cette pause avant la prolongation vous pouvez endosser un maillot sec si vous voulez, resserrer vos crampons si cela vous chante, vous taper mutuellement dans les mains si cela vous réconforte, à la reprise vous n'irez vers la victoire qu'à la condition de reconduire le jeu produit ce soir avant les quinze dernières minutes, avant que votre pensée subitement se dissolve dans les énoncés parasites. Subitement vous vous êtes dit plus que quinze minutes et nous serons champions d'Europe, vous vous êtes dit quinze minutes et quatre au pire de temps additionnel, dix-neuf minutes à tout casser et nous voilà consacrés et ce sera mérité, notre but d'avance est un peu chanceux, tir contré goal adverse pris à contre-pied, chanceux oui mais la chance se force et nous l'avons forcée, nous serons champions d'Europe dans dix-neuf minutes et ce sera mérité, dix-neuf minutes c'est-à-dire trois œufs à la coque et demi, trois poussières et demie avant le sacre, parasites tout cela je vous le dis, parasites en vos crânes, brouillage des justes ondes, estompage des lignes, dilution du jeu, oubli de l'herbe, tête en l'air, ne regarde pas où met les pieds, tombe dans le puits, non qu'il faille s'interdire de penser, mon dieu non, c'est par défaut de réflexion au contraire qu'ont péché vos pieds, chevilles aphasiques, orteils séparatistes, hémiplégie des jambes, passes dans le vide, appels de balle en caoutchouc, chacun des onze en autarcie sur sa chaîne de radio intérieure, la vérité est que vous avez cessé de jouer juste. Il n'y a pas d'arbitre, il n'y a pas de faux rebond, il n'y a pas de Pékin, il n'y a que vos courbes subitement inaptes à esquiver leur fougue rectiligne, il n'y a que vous consentant à leur guerre de rues, chaque mètre une bataille, chaque énoncé parasite un mètre perdu, il n'y a que vous bientôt acculés à vos arrières et statistiquement condamnés à voir tôt ou tard le ballon faussement rebondir sur une motte devant la cage de Mickaël, en ce point précis où déjà estompé le jeu vient à tout bonnement s'abolir, et vous vous dites maudite motte sans elle nous y étions, mal vu mal pensé je le redis, et ceux d'en face, tout pareillement mal vu mal pensé, ceux d'en face se disent c'est un signe, la chance tourne, le match bascule, nous avons pris le dessus, ils sont le cheval et nous le jockey, nous sommes les meilleurs cavaliers d'Europe, parasites, parasites tout comme en vous mais le parasite leur sied, à eux le parasite est une terre, un paysage familier, leur jeu et leur réussite s'en nourrissent, opium du peuple, ce n'est pas à leur initiative que le jeu se réajustera, à vous seuls il revient d'infléchir le cours des choses, à vous seuls de retourner ce terreau, d'eux il n'y a rien à attendre, eux ne font jamais que reproduire, que conserver, en ce moment j'entends sans l'entendre mon homologue, ainsi le nommé-je par souci d'urbanité, entonner sa ritournelle dans le vestiaire d'en face, il dit on les tient, il dit ils sont cuits, il dit physiquement ils sont au sous-sol, il dit regardez les quinze dernières minutes ils n'ont plus vu le jour, il dit il n'y a plus qu'à finir le travail dès la reprise on les étouffe dès la reprise on ferme la cave à double tour, et sans doute il croit parler mais l'aboiement ne saurait prétendre à la dignité de la parole, dire ils sont cuits voilà qui n'est pas parler mais ouvrir la bouche pour sortir le chien qui se niche dans le ventre et je vois sans les voir ses tripes lui grossir le cou, gonfler les joues et se répandre sur le carrelage, et je vois sans les voir ses joueurs s'y vautrer puis s'en oindre en se frottant les uns aux autres, rien de nouveau ne viendra d'eux, ils sont le même, l'invariant, l'immuable, ils s'en piquent et s'en légitiment, mis à mal par une objection nouvelle ils disent de tout temps machin, de tout temps tout ça, de tout temps machin tout ça, de tout temps les hommes ont voulu posséder ont voulu le pouvoir ont voulu la guerre de tout temps les hommes ont eu soif de découvertes et de conquêtes de tout temps ils ont eu des bras et de la moustache de tout temps cotcotcotcot, avec Julie nous sommes partis de très loin, nous nous sommes érigés sur des fondements de tous les temps, sur des millions d'années d'immémorial qui nous inclinaient à la laideur et nous avons été laids, je l'ai vue, elle m'a vu, c'était elle, c'était moi, c'était merveille, c'était comme naître, c'était une mer qui s'ouvrait, nous y étions, nous avions trouvé, nous nous sommes embrassés sur la bouche et nos corps escomptaient davantage, ils se sont joints et ne voulaient plus se détacher, un soir chez toi un soir chez moi là où je suis je voudrais que tu sois, Julie se plaisait dans ma chambre, la sienne m'était familière, les objets m'y recevaient comme un des leurs, les flacons de parfum m'évoquaient des fleurs inconnues mais associées à des prairies d'enfance et je m'allongeais sur le flanc dans l'herbe du lit, genoux remontés contre le ventre, elle me caressait le front et nous nous repaissions de notre histoire encore fraîche, glosant ses prémices, surdramatisant ses nœuds, c'était notre histoire, imbue d'elle-même et sincère, effroyablement sincère, passionnelle à mourir, nous subissions, nous ne savions pas, de prime abord nous ne pouvions pas lutter, cela venait de trop loin, du plus bas, la passion est la rumination originelle du troupeau humain, ceux d'en face disent que le football est une passion au nom de quoi ils pourraient se tuer, sous l'égide de quoi ils sont des frères liés à vie, et un jour vient ils se détestent et c'est la même chose, passion, de frères ils deviennent ennemis et c'est la même chose, passion, ils s'insultent ou s'ignorent dans les cafés fréquentés jadis épaule contre épaule et c'est la même chose, passion, réversibilité de l'épiderme, c'est la même chose que leurs étreintes d'antan quand un soir ils s'entretuent, une fois j'ai voulu tuer Julie car je l'aimais, elle en avait embrassé un autre et moi je l'aimais et donc elle était à moi et donc j'ai voulu la tuer ou j'ai voulu tuer l'autre ou j'ai voulu me tuer moi je ne sais plus peu importe c'est la même chose, passion, dans ma tête les parasites interféraient, suintant des yeux le ventre m'aveuglait, ils disent que d'être aveugle est la grandeur de la passion, mourir de rire, je secouais Julie, comme un prunier très exactement, elle disait arrête mais je n'arrêtais pas car je l'aimais. Puis je me suis arrêté car il n'y avait plus de prunes dans Julie, elles étaient toutes par terre et mes pieds trempaient dedans et donc je me suis arrêté car, vous autres en savez quelque chose, je déteste les pieds impropres. J'ai dit à Julie c'est la dernière fois, elle a dit oui je te promets je ne le referai plus, j'ai dit je ne parle pas de toi je parle de moi, c'est la dernière fois que je me prends à faire ça, elle a dit ce n'est pas grave, c'est normal, j'ai dit tout le problème est là, il va falloir changer d'amour celui-là est trop moche, il va falloir travailler, elle a dit si nous nous aimons tout coule de source il n'y a pas à travailler, j'ai dit tu l'as dit l'amour est la source, il est plein de racines, il est le postulat, la donnée de base, tout sauf une invention, tout sauf une distinction, il n'y a qu'à voir tous les imbéciles qui s'aiment, j'en vois qui rient parmi vous mais que celui qui n'a jamais aimé comme un imbécile jette le premier short, de l'amour en soi hélas il ne s'infère rien, l'amour hélas ne possède pas les clés de sa propre beauté, il doit s'adjoindre la pensée s'il veut s'épargner le déshonneur de la faute de goût. Le commun nie qu'en de certaines matières réputées solliciter la seule intuition il faille penser, le concept n'a pas bonne presse, dans les interviews les journalistes simulent ostensiblement une migraine quand une de mes phrases s'étire un peu, ils se moquent voire me brocardent quand après une défaite je dis qu'il nous a manqué trois ou quatre de ces séances d'entraînement dont ceux d'en face nient presque l'utilité, ils disent qu'elles ne servent qu'à tromper l'impatience de disputer le match, ils disent que le foot n'est pas une science et le terrain pas une bibliothèque. Ironiquement admiratifs ils m'appellent le professeur, ils voudraient en le prononçant que ce mot m'anéantisse, en Angleterre je serais déjà mort, les Anglais ne voient pas l'intérêt de former des techniciens du jeu, le football est dans nos gènes pensent-ils, il nous est offert comme une évidence pensent-ils, ce sont des insulaires, la passion est une île, vous-mêmes qui venez de là, pas d'Angleterre mais de l'évidence et qui n'en vient pas ?, vous-mêmes les premières semaines rechigniez aux exercices de cohésion que je vous imposais à fin de nettoyage, oui je disais nettoyage et vous vous exécutiez incrédules, je vous disais nous commencerons par nous laver les pieds car de mauvais réflexes les ont salis, on dit que les révolutionnaires envoyaient des wagons de citoyens à la campagne pour les nettoyer mais les nettoyer de quoi ? voilà qui n'est jamais dit, on prend le ton muettement offusqué qui sied au répertoire des horreurs, on pince les lèvres pour expirer le vocable nettoyer mais on ne dit pas de quoi, ce n'est pas sérieux, les gens ne sont pas sérieux, il fallait voir de quoi au début était fait notre amour à Julie et à moi, comme organique il était et combien par lui la tribu se prolongeait en nous, je t'aime comme ma mère j'aime ton âme comme ma sœur comme moi-même fusionnons fusionnons unissons à nouveau ce qui a été séparé reconstituons le gros gâteau plein de crème à la chair fraîche dont nous sommes les portions arrachées dans la douleur les unes aux autres et dès lors ne nous quittons plus toi contre moi moi contre toi toutes heures toutes minutes et sinon pleurs dents qui poussent manque besoin comme manger si jamais tu meurs je n'ai plus de quoi manger et à mon tour je meurs c'est mon cœur mon Dieu que vous arrachez cotcotcot, j'avais une photo de Julie enfant dans mon portefeuille, dans les moments de solitude je la sentais qui souriait contre mon cœur et mon cœur battait à l'unisson de ses paupières, sans sortir la photo je me figurais parfaitement son petit menton altier et c'est sous ces traits que je me la représentais pensant à moi au même moment, tripotant sans doute le ticket de bus usagé qu'elle m'avait un jour chipé pour le mettre au fond de sa chaussure, elle disait ainsi c'est toi qui me fais marcher, c'était l'époque où nos pieds ne nous appartenaient plus, et tout cela nous croyions l'inventer, en tout cela nous croyions être uniques mais en ce moment sans les voir je les vois qui se donnent des accolades d'hommes, indifférenciant ces maillots qu'ils ont identiques et le revendiquent, ils disent que celui qui ne mouille pas le sien manque à l'honneur de le porter, que le revêtir implique des devoirs mais aussi transcende un homme car en lui s'est déposé le feu sacré qui est leur bien commun, ce qui les lie, ce qui les joint, ce qui fait qu'ils ne sont qu'un et se confondent sous leurs tuniques et sans l'entendre j'entends mon homologue, ainsi le nommé-je par convention, renchérir en ce moment de l'autre côté de ce mur, il dit pendant la demi-heure de prolongation défendez fièrement vos couleurs, pensez à d'où elles viennent, pensez à ceux qui vous précèdent et sont venus ce soir jauger leur descendance, il dit tout cela et moi je ne dis pas tout cela mais qu'il faut n'avoir en tête que de jouer juste. Et sans doute je ressasse moi aussi, moi aussi j'ai ma ritournelle, dès les premiers entraînements j'ai scandé que ce qui précède ne nous est rien, et vous avez souri bien que désarçonnés, je disais il faut descendre de votre cheval, désarçonnés par mon indifférence à vos talents supposés, je disais si par le passé on vous a loués on vous a trompés, ce que vous savez faire il faudra l'oublier, ou l'épurer plutôt parce qu'en l'état votre jeu est insalubre, vous ne savez que jouer à la balle, vous croyez jouer au football mais c'est à la balle que vous jouez, entre les deux rien à voir, il y en a qui doués pour la balle feraient en football honte au goût. L'immixtion du ballon dans le jeu à onze modifie son état, elle fait coupure, avant le football le ballon n'est rien, de son fonctionnement propre il ne s'infère rien, dans cette enceinte il ne sera jamais question de quelque chose le concernant qui soit extérieur à sa relation au pied, au pied qui est l'élément par quoi se déclenche la solution de continuité entre les deux éléments susnommés, ballon et jeu. Pour preuve par l'absurde de ce que j'avance nous commencerons par un exercice sans ballon, et j'en vois qui rient mais c'est le rire de l'ignorant, c'est le rire du singe initié au langage devant l'apparente inutilité d'en passer par l'abstraction symbolique pour obtenir la banane à portée de main. Je vous ai disposés sur le terrain, certains d'entre vous riaient et c'était le rire de l'ignorant, c'était le rire du singe pétri de bon sens populaire confronté aux arabesques théoriques, d'autres rechignaient et disaient voyez d'abord de quoi chacun est capable, j'ai dit je sais trop bien de quoi chacun est capable, c'est vieux comme le monde qui est très vieux, jonglages, contrôles irréprochables, ballon immobile sur le front, messieurs les otaries merci, je savais bien le trésor recélé par un corps mais aussi rutilant soit-il il ne vous serait d'aucune aide pour, comme l'exercice proposé l'exigeait, vous mouvoir sur le terrain par rapport aux trois partenaires les plus proches de telle manière que votre position coïncide en permanence avec l'approximative intersection des médiatrices du triangle qu'ils forment, si bien que cohésion globale, glissement régulier de l'ensemble, substitution du génie géométrique à l'aimantation affective, si bien que fluidité de la circulation virtuelle du ballon tactactactac de l'un à l'autre puis de l'autre à un autre et tutti quanti, livrés à nous-mêmes Julie et moi nous n'irions pas loin, soumis à la passion rugissante nous étions voués à la fosse où hommes et femmes se sont de tout temps entrepris, il nous fallait penser contre nous-mêmes sans quoi scansion épidermique de nos vies, hauts et bas chutes et remontées déchirement couture redéchirement reprise et c'est la même chose, avers et revers de la même veste revêtue par nous deux on s'y caresse on y étouffe amour haine frères ennemis attraction répulsion cotcotcotcot passion, contre quoi nécessité de maintenir la distance, de nous détacher, de donner du jeu à la corde, j'ai suggéré que nous espacions arithmétiquement nos entrevues, Julie a dit à l'évidence nous aurons envie de nous voir avant l'heure légale, j'ai dit nous apprendrons à dominer l'évidence de l'envie et dans cette optique procéderons par paliers, deux jours d'absence d'abord puis trois puis quatre puis davantage, méthodique dérégulation de la tautologie préhistorique je suis près de toi puisque nous sommes proches nous nous sommes attachés donc nous nous attachons cotcot, Julie a dit cela n'ira pas de soi, cela n'est pas allé de soi, de soi rien ne va, naturellement deux jours nous semblaient deux mois, naturellement, et donc nous marchandions, nous retrouvant parfois le matin après nous être quittés l'avant-veille au soir, prétendant d'autres fois avoir oublié les règles ou feignant de croire l'autre le prétendant, la corde avait du jeu mais nous tirions dessus, enfants rayon bonbons caprice impérieux maman maman j'ai faim, une fois je suis resté deux jours chez elle ce qui écourtait le laps de temps à combler avant l'échéance suivante, j'ai dit repoussons-la d'autant, elle a dit cette clause ne figure pas dans le contrat, j'ai approuvé et honteux nous avons ri de notre tolérance à nous-mêmes, mais sur le chemin du retour je ne riais plus, je méditais plutôt des procédures propres à nous découdre et faire décoller, à savoir emménagement immédiat dans une chambre encore plus éloignée de celle où Julie me recevait, quota drastique de visionnages quotidiens de matchs, exercices de non-réponse au téléphone, masturbations préventives et autres mesures qui laborieusement appliquées m'ont permis de surmonter des délais de quatre, six, huit et bientôt dix jours mais Julie n'en était pas là, ces exercices promus à son corps défendant la laissaient sans défense contre le ventre et à mi-délai voire plus tôt mon téléphone commençait à sonner sous ses assauts, et moi je m'interdisais de répondre avant d'avoir compté dix fois mes orteils, une unité à la fois pas plus, cela m'occupait un temps, divertissait mes jambes enclines à bondir sur l'appareil et donc je décrochais peu ou accordais peu de dérogations ayant décroché, Julie boudait et traînait les pieds pour parcourir les quelques longueurs que j'avais d'avance sur elle du fait sans doute de mon surcroît de détermination, sans doute Julie n'adhérait-elle pas autant que moi à l'esprit de la manœuvre et alors des questions ont affleuré dont je vois bien maintenant, oh ! Julie oh ! notre amour fini, qu'elles circonscrivent le commencement de notre fin, elle disait ne crois-tu pas qu'à ce jeu nous finirons par nous passer l'un de l'autre ?, elle disait nous aimons-nous vraiment pour agir de la sorte ?, je disais parasites tout cela, parasites pour l'heure les questions globales m'aimes-tu pour la vie combien d'enfants mourrais-tu pour moi cotcotcotcot, impossible de répondre à cela, absence de données concrètes qui le permettraient, la vie ni la mort ne sont dans mon champ de vision, ici je ne vois que mes pieds et la question pour l'heure est où les poserai-je ?, parcimonie, précaution, tâtons, d'abord resserrement maximal du champ d'expérimentation et élargissement mesuré si et seulement si maîtrise dudit, d'abord focalisation sur la position des pieds pour vérification de sa compatibilité avec ballon approchant et à cette seule condition consentement à la réception dudit, puis concentration absolue sur la qualité du contrôle et à cette seule condition exécution dudit, puis mise à distance du vis-à-vis le plus proche par accélération ou feinte de corps, deux mètres puis trois puis quatre, et à cette seule condition passe envisageable, dans le but de quoi coup d'œil panoramique et schématisation rapide de la disposition globale des partenaires, à la suite de quoi élection du mieux habilité à recevoir le ballon et passe à cette seule condition. Si toutes les étapes sont appréhendées en leur temps, la passe qui les parachève est dite réussie, on entend par passe réussie celle qui trouve un coéquipier libre de marquage et capable par là d'accomplir dans la foulée la même série d'opérations en un temps minimum, l'objectif étant que la circulation du ballon s'accélère à mesure.

On considère que quatre transmissions suffisent tactactactac à créer une possibilité de but. Si au contraire la loi d'accroissement méthodique du périmètre de jeu est bafouée, ainsi qu'à l'échelle du joueur l'enchaînement ordonné de ses gestes, les passes seront imprécises et dérégleront d'autant le collectif, il y en a que ça ne dérange pas, il y en a qui n'ont pas de scrupules à produire une passe dans des conditions d'inconfort telles que leur partenaire ou présumé tel doive se mettre à plat ventre pour avoir une chance de récupérer le ballon, ainsi procèdent les Anglais, ils font des passes pour personne, ce sont des insulaires, beaucoup d'autres font comme eux, la parcimonie les endort, le petit périmètre les ennuie, ils disent de notre jeu qu'il est étriqué et laborieux, ce qui est vrai, notre jeu est d'abord étriqué et laborieux parce que le geste parfait n'advient que conditionné par une somme de protocoles moléculaires, parce que le travail est long et rare la grâce, eux voudraient qu'elle leur tombe dessus tout de suite, ils ferment les yeux et le nez orienté vers le ciel balancent de longues passes, mille étapes brûlées, dont l'improbable réception, si par extraordinaire correcte, n'a quoi qu'il arrive pas créé de décalage et trouve un joueur en mauvaise posture et condamné à son tour au miracle immédiat, tout à refaire, rien de changé, stagnation au commencement, appesantissement au plus bas, tout sans penser voulu rien obtenu malotru, sitôt amoureux sitôt mariés soyons fous soyons pas bégueules et boum divorce larmes retour à la case départ si j'avais su, nez vers le ciel pieds dans la boue éternellement, Julie je le voyais bien commençait à trépigner, je la voyais qui se regardait dans la glace et se disait le temps passe, qui scrutait l'horizon et ne voyait rien venir, j'ai dit quelque chose apparaîtra à l'horizon quand nous aurons marché jusqu'à lui, elle a dit mais alors ce ne sera plus l'horizon, j'ai dit c'est nous qui serons lui, une brume lasse a voilé son regard et elle y voyait encore moins. Un jour que nous écoulions notre après-midi hebdomadaire le long du fleuve elle a tourné le dos à l'estuaire et a dit maintenant que nous avons fait nos preuves en matière d'assiduité, ou de son contraire plutôt, nous avons gagné le droit de nous rapprocher un peu, j'ai dit nous sommes encore beaucoup trop liés et à ce propos j'ai pensé à d'autres mesures disciplinaires, elle a eu un sourire inadjectivable et a dit je crains le pire, j'ai dit cela tient en trois points. Premièrement je n'irai plus voir ta famille ni toi la mienne, nous n'aurions même jamais dû y consentir mais nous partions du plus bas nous ne pouvions pas savoir, je n'irai plus voir ta famille ni toi la mienne car si ma mère devient la tienne alors tu es ma sœur et nos corps consanguins ne sauraient se disjoindre, deuxièmement tu ne fréquenteras plus que de loin mes amis et moi les tiens, sur ce point nous avons commis des erreurs irréversibles mais nous partions du plus bas nous ne pouvions pas savoir, tu ne fréquenteras plus que de loin mes amis et moi les tiens parce que mes amis sont hélas un peu mes frères et alors je te renvoie au premièrement et j'ajoute inceste égale amour de proximité égale loi du plus proche égale je préfère ma fille à ma nièce et ma nièce à ma voisine égale fascisme, troisièmement nous ne mangerons plus que rarement en compagnie l'un de l'autre, quant à cet aspect du quotidien nous nous sommes un peu précipités mais nous partions du plus bas nous ne pouvions pas savoir, nous ne mangerons plus que rarement en compagnie l'un de l'autre car fréquent le manger à deux est silencieux et le silence des amants souligne l'impensé de leur connivence pas besoin de se parler pour se comprendre mère et fils cul et chemise, Julie a dit je note que les trois mesures sont prohibitives, elle avait raison mais c'est qu'il faut d'abord établir comment ne pas s'aimer et quoi faire pour ne pas, sur un bateau ou à table ou partout il y a d'abord à savoir les choses qui ne se font pas faute de quoi naufrages et discourtoisies surviennent tôt, montrer à autrui des photos de vacances ne se fait pas, partir en vacances tout court ne se fait pas, solliciter le réconfort d'un ami ne se fait pas, consoler inversement un ami de son échec à un examen auquel on est soi-même reçu ne se fait pas, manger de la glace au chocolat ne se fait pas, etc., pendant les premiers entraînements vous vouliez tout de suite agir, vous n'aviez que ça en tête, être positifs actifs dynamiques, vous n'imaginiez pas les milliers de microcatastrophes qu'engendre un faire primesautier, sitôt positionnés à trente mètres du but vous vouliez décocher un tir et tant pis pour les brins d'herbe arrachés, je ne demande pas de respect pour le brin d'herbe en lui-même mais en tant qu'il est l'unité indivisible du jeu, tant pis aussi pour les trois partenaires qui ont fait l'effort de vous offrir une possibilité de passe, tant pis surtout pour la si comme c'est probable votre ballon passe deux ou trois galaxies au-dessus de la barre transversale, en général les gens n'ont pas assez honte, il faut ne s'autoriser à tirer au but qu'après avoir objecté à toutes les bonnes raisons de ne pas. La première fois que j'aurais dû embrasser Julie je ne l'avais pas fait. Décomposant a priori le baiser je n'avais pas pu. Regards croisés, blanc des yeux, gravité soudaine, sourcils froncés, inclinaison symétrique des visages, rapprochement lent, blanc des yeux toujours, effleurement infime des lèvres, petites touches sporadiques puis accélération puis accolement définitif avec langues éventuelles je ne l'avais pas pu, cela ne se pouvait pas, mon désir excepté je ne voyais que des raisons de ne pas le faire, et encore le désir comptait-il peut-être parmi celles-ci, englobées toutes par le grief de la récitation du même, à mon tour maintenant et dans vingt ans mes enfants première communion deuxième communion dragées mariage poterie savoir-faire père en fils, plus tard lors d'une de nos complaisantes rétrospections Julie m'a confié s'être rendu compte de ma réticence ce jour-là et avoir pensé que ce n'était pas grave, que cela se ferait de toute façon. Cela s'est fait dès l'opportunité suivante, naturellement, naturellement, cela finit toujours par se faire, débridé le désir a fait son œuvre et ouvert le paradigme anatomique, bras jambes seins machin et truc, dès lors nous nous enroulions, apprivoisement réciproque, mutuelle appropriation, chaque enroulade une chance de moins de nous extirper un jour de l'injuste épiderme, chaque enroulade un pas en arrière, cela ne se fait pas et je ne m'y faisais pas. Contrevenir à la sexualité ombilicale requiert délicatesse, il fallait commencer doucement, par de menues épreuves, opérer d'abord non sur la plaie mais dans sa périphérie, appartements amis, rues, espaces publics divers, j'ai dit premièrement interdisons-nous toute forme d'attouchements dans ces lieux, Julie a dit y compris la main dans la main ?, j'ai dit absolument proscrit, ça et a fortiori le passage de bras autour du cou et de la hanche, Julie a dit nous achèterons chacun deux glaces cela occupera nos mains, j'ai dit d'accord mais pas au chocolat, deuxièmement maintenons entre nous dans ces mêmes lieux un espace moyen de trois mètres, on opte pour cette distance dans la mesure symbolique où sauf érection exceptionnelle et pas de moi elle empêche un accouplement sur-le-champ. Pour illustrer ce point figurons-nous une fête en deux temps comme c'est l'usage. Si durant la partie assise de la soirée tu t'es trouvée à un mètre de moi, sur un canapé par exemple, nous devrons pendant la partie dansée ménager entre nous un espace d'à peu près six mètres, et inversement si nos positions assises respectives nous ont tenus d'abord à six mètres l'un de l'autre nous aurons droit par la suite à un slow voire à quelques menuets. Ces deux procédures étant acceptées je propose en corollaire que nous nous astreignions à ne coucher ensemble que lors d'une entrevue sur deux ce qui, compte tenu de notre présente assiduité, équivaut à un accouplement tous les quinze jours, ce n'est pas la mort, Julie a dit cela y ressemble, j'ai dit tu ne suis pas ?, elle a dit c'est de la folie, j'ai dit c'est tout le contraire, elle a plissé le nez et a dit je te suis, oh Julie ! longtemps tu m'as suivi et puis plus. Nous nous sommes exécutés sans trop de difficultés, nous souriant d'un bout à l'autre des canapés ou des pistes de danse, tenant nos glaces avec flegme, regardant de haut les hanches emprisonnées par des bras, désertant avec détermination les chambres où fatalement nos corps s'indifférencieraient, tout cela sans crispation majeure, donc, mais le problème n'était pas là, le problème était qu'à la lumière de leur application concrète de telles coercitions se révélaient contre-productives, mal vu mal pensé, que loin de rompre la corde qui liait nos corps elles la consolidaient, perversité de l'interdit, double tranchant de la contrainte, frustration fougue anatomique transports déshabillages fébriles pressés de rentrer au port j'en ai tellement rêvé tellement désiré revenir à toi pressons pressons je n'en peux plus pressons pressons je n'attendrai pas une seconde de plus laisse-moi te manger pressons pressons cotcot, nous étions au point mort, fœtus lovés l'un l'autre, j'ai dit c'est raté, elle a dit c'est la preuve que nous nous aimons, j'ai dit c'est la preuve que nous nous aimons comme des malappris, il fallait inventer autre chose, maintenir les procédures en vigueur mais en neutraliser les effets secondaires en innovant mais comment ?, dans ce domaine rien n'a jamais été fait, avant ne nous apprend rien, rien ne viendra d'eux, eux ils disent le football est ce qu'il a toujours été, ils disent il suffit d'y jouer comme on y a toujours joué, ils trouvent que nous nous posons trop de questions, raillent nos atermoiements, ne voient pas où est le problème, ne voient pas le mal, après réflexion j'ai dit à Julie essayons-nous à d'autres corps, brisons l'exclusivité que s'accordent les nôtres, Julie a dit c'est dangereux, j'ai dit oui, elle a dit c'est jouer avec le feu, j'ai dit c'est cela ou rien, il faut brûler le rien du même, elle a plissé le nez et a dit je te suis, oh Julie ! longtemps tu m'as suivi et puis plus. Cela n'est pas allé de soi, de soi rien ne va, spontanément nos corps étaient hermétiques au tiers, scrupule a priori, prémonition du remords, poids des mœurs, héritage immobilier de la caverne je ne peux pas lui faire ça je ne peux simplement pas lui faire ça c'est un parjure c'est une trahison cotcotcotcot, voix parasites que fastidieusement nous avons fait taire en les ramenant de force au plus simple énoncé empirique, ceci est un bras, ceci est une jambe, ceci est un machin, ceci n'est pas une trahison mais une jambe, ceci n'est pas un parjure mais un machin, on s'en sortit comme ça, bon an mal an, cahin-caha, un pied devant l'autre, claudiquant comme chatons nouvellement nés, téléphonant parfois éplorés je me sens sale je suis une merde, interrompant de loin en loin le processus je ne sors plus je me terre, on y arriva, on parvint à se tolérer soi-même dans de semblables postures. Quant à y tolérer l'autre ce fut naturellement une autre affaire, naturellement, caverne encore plus, héritage encore plus immobilier, farandole d'énoncés parasites, cotcotcotcotcodet, ce n'est pas anodin ne dis pas que c'est anodin ces escapades-là ne sont pas anodines et toi alors ? toi tu fais bien la même chose moi ce n'est pas pareil moi je m'y implique moins comment peux-tu être si sûr(e) que tu t'y impliques moins ? moi au moins je ne suis pas complaisant(e) avec mes partenaires qu'est-ce que tu appelles complaisant(e) ? j'appelle complaisant(e) ce qui est complaisant et toi tu ne l'es pas peut-être ? moi il y a une limite que je ne dépasse pas qui sait si tu ne la dépasses pas ? où est la limite ? la limite est la limite bravo, ça n'avançait pas, les limites étaient les limites et les choses ce qu'elles sont, ça n'avançait plus, ça campait sur ses positions, ça se fichait en terre, résurgences fascistes, guerre de positions dans la forêt noire, Julie a dit arrêtons ce jeu nous allons en mourir, j'ai dit non non il faut insister et juste mieux s'organiser, tout est question d'organisation, continuons sur cette voie mais dissimulons-nous les nuits que la persistance du ventre en nous appelle traîtresses, elle a dit il y faudra beaucoup de ruses et le mensonge entre nous sera la loi il n'y aura plus d'amour, j'ai dit nous ne sommes pas encore assez avancés pour ne pas mentir, nous sommes partis de trop bas, plus tard nous pourrons, après cette épreuve nous pourrons, elle a dit après cette épreuve il se peut qu'il ne reste rien, j'ai dit ce qu'il reste on ne le sait qu'à la fin, c'est du jamais-vu, cela reste à voir, personne ne sait ce qu'il y a au bout, personne ne sait à quoi ressemblaient ceux qui rares revinrent des campagnes quadrillées par les révolutionnaires, personne ne sait à quoi nettoyés ils ressemblaient, on dit qu'ils n'étaient qu'un tas d'os, on dit qu'en eux il ne restait rien d'humain, c'est ce qu'on dit mais sur ces questions l'approximation règne et c'est une faute jumelle de l'horreur dénoncée, une autre fois Julie a dit peut-être qu'au-delà d'humain il n'y a rien, peut-être qu'au-delà d'humain il y a juste inhumain, elle a dit cela et s'est tournée vers l'estuaire hors de vue et je sais que certains parmi vous aimeraient que je montre parfois un autre visage, que j'en montre simplement un, que pendant cette pause d'avant prolongation par exemple je saupoudre mes mots d'intonations qui viennent du cœur, pas au point d'aboyer comme mon supposé confrère de l'autre côté de ce mur, tout de même pas, mais qu'il y ait un peu de vie entre les lignes, pas forcément de la tendresse, même des remontrances feraient l'affaire, n'importe quoi qui avère notre humanité commune, voilà ce qu'attendent en ce moment certains d'entre vous, je les connais bien, ce sont les mêmes qui m'appellent à la tombée du soir, ils pensent sans doute que c'est la bonne heure, au printemps surtout, il y a de la douceur dans l'air, dans les arbres, dans le remuement des chaises de jardin juste libérées du fond des garages, de la douceur un peu partout et dans l'air cette lassitude satisfaite de la journée accomplie, ils se disent que c'est le moment, s'essuient le coin de la bouche, composent mon numéro, balbutient deux ou trois prétextes grossiers puis baissent la voix et disent vous m'avez beaucoup appris vous savez, moi je fais semblant de rien, je dis le plus gros est à venir, ils l'admettent volontiers puis disent quoi qu'il arrive vous aurez beaucoup compté pour moi, moi je fais semblant de rien, je dis j'aurai beaucoup compté vos pas, c'est un pauvre jeu de mots mais c'est cela ou je raccroche tout de suite et je préfère qu'ils coupent court eux-mêmes, cela ne tarde jamais, une fois perçue l'incongruité inféconde de leur démarche ils me saluent, reposent le combiné, leurs compagnes s'enquièrent de leur visible contrariété, ils les étreignent en silence. Un jour l'un d'entre vous, il se reconnaîtra et je m'excuse auprès de lui de divulguer même anonymement cette anecdote, l'un d'entre vous m'a dit au téléphone que sa récente baisse de régime, à l'époque nous piétinions en milieu de classement, était à mettre sur le compte de soucis personnels, soucis personnels c'étaient ses termes, moi j'ai fait semblant de rien, j'ai dit tes chaussures te font mal ? tes crampons sont mal réglés ?, il a dit je veux parler de problèmes vraiment personnels, j'ai dit pour un joueur de football je ne vois rien de plus intime que ses chaussures, il a dit il s'agit de soucis familiaux pour tout vous dire, j'ai dit j'ignorais qu'il y eût un membre de ta famille dans l'équipe, il a dit qui a parlé de ça ?, j'ai dit alors je ne vois pas de quoi tu me parles, je ne vois rien, je ne vois ni mère malade ni père brouillé ni épouse malaimante, je ne vois qu'un rectangle semé d'herbe, à peu près cent mètres de long et soixante-dix de large, compliqué de lignes droites ou courbes variablement nécessaires au jeu, flanqué d'un but aux deux extrémités de sa longueur et à mi-largeur, le jeu a lieu ici, pas ailleurs, d'aucuns ont récemment osé une transhumance vers les plages mais ils ont des lunettes de soleil et ne voient pas juste et le sable est mou et les dimensions flasques, impossible de tendre l'oreille à ce que préconisent en silence les formes objectives de l'espace proche, sur une pelouse c'est possible et jouer juste consiste d'abord en cela, écumer le champ et que nos trajectoires découvrent ses lignes implicites. À cela ceux d'en face ne voient goutte, eux aussi ont des lunettes mais elles sont d'aveugle et le chien qu'ils ont dans le ventre n'a pas d'yeux, le champ vert ils l'appellent bout de gazon et ne lui trouvent de l'intérêt que s'ils y importent des éléments annexes, ils disent qu'ils gagneront s'ils sentent que leur ville est derrière eux, qu'ils feront le match de leur vie car l'orgueil les meut, qu'ils ont perdu parce que le mois de février ne leur réussit pas, moi je ne vois pas de ville ici, encore moins d'orgueil ou de février, je ne vois qu'un parallélogramme vert et je ris à mourir parce qu'en ce moment j'entends sans l'entendre mon homologue, ainsi le

nommé-je avec malice, leur rappeler de l
côté de ce mur qu'ils n'ont jamais perdu
prolongation contre nous et que par conséquent celle de ce soir tournera à leur avantage, ce par conséquent laisse rêveur, je n'ai jamais marché dit le chaton à peine détaché de la portée, je n'ai jamais marché et par conséquent ne marcherai jamais, ils disent tous ça, tous les chatons tous les hommes, ils arguent de l'ère glaciaire pour appréhender le présent, ce sont les sbires du temps long et moi je ris à mourir et mourir ne saurait tarder parce que mon temps à moi ne dure que quatre-vingt-dix minutes, cent vingt s'il est prolongé comme ce soir mais cela reste formalisé à souhait et l'on peut légitimement rêver que cette séquence n'est précédée ni suivie de rien, qu'elle est un bloc autonome mû par ses lois propres, que par suite rien de ce qui est impossible avant et ailleurs ne l'est ici et maintenant, miracle de la pure situation mais j'en connais qui laissent le hors-champ la vampiriser et en perturber l'alchimie intrinsèque je suis comme ça j'ai toujours été comme ça ma mère déjà me disait c'est un vieux traumatisme cela ressort parfois nous avons toujours joué comme ça nous n'avons pas été habitués à cela

un papillon s'est envolé à Pékin c'est pour ça que je suis devenu tortionnaire ma sœur est rousse et par conséquent j'ai une chemise à pois cotcotcotcot, à la fin c'est encore le même qui gagne, ça revient, ça revient toujours, orphelin serein depuis vingt ans l'accouché sous X subitement veut savoir, subitement vous avez cessé de jouer juste, vous vous êtes dit grand-père serait fier de moi, grand-père mort il y a quinze ans serait fier de moi, vous vous êtes dit cela mais il ne faut pas laisser la mort gouverner le vivant, ni l'absence la présence, Julie n'y arrivait pas, comme prescrit je m'efforçais de dissimuler mes nuits mais elle peinait à ne pas vouloir savoir, son esprit sans cesse se transportait dans les lieux où il était possible qu'à fin de disjonction je m'ébatte avec d'autres, elle avait mal au ventre, se le tenait en se pinçant les flancs, j'ai dit ne laisse pas l'invisible brouiller ta vue, ce que tu ne vois pas est rien, ne considère que notre espace commun, écoute nos conversations, regarde mes gestes, exécute les tiens, ris si d'aventure je suis drôle, écoute-moi rire quand tu l'es, c'est entre nous que cela se passe, c'est ici que cela se joue, elle a dit j'ai l'impression que ce qui se passe là-bas joue contre nous, j'ai dit c'est le contraire, c'est pensé pour produire le contraire, elle a dit je ne l'imagine pas comme ça, le démon des signes avait pris possession de Julie, quand je revenais vers elle je l'entendais sans l'entendre traquer et gloser les traces, yeux cernés égale sommeil court égale nuit festive égale des centaines de filles égale des milliers de tentations égale des milliards de rivales offertes égale ce n'est plus possible cotcotcotcot, je disais regarde mes cernes si tu veux mais regarde-les vraiment, ils sont marron clair, partent de la pointe intérieure des yeux et s'estompent en haut des joues, approche-toi bien et regarde-les en face, tu devrais les dessiner et alors il t'apparaîtrait que ce qu'ils sont est mille fois plus riche que ce qu'ils signifient, elle disait on ne m'a pas appris à faire ça, je disais ils ne nous ont rien appris, il faut travailler, de mon côté je travaillais à une forme de synthèse entre la méthode recommandée à Julie et son contraire, ni la pure présence ni la distance fatalement paranoïaque mais ce que secondé par ma bouche je baptisai alors l'anéantissement frontal de l'imagination du ventre, fin dont le moyen était une campagne de filatures qui, Julie guettée par moi à la sortie des cafés qu'elle fréquentait seule, me confrontaient sans médiation à des scènes qui, imaginées plutôt qu'heurtées de visu, m'auraient voué à la crise de foie. Ainsi je la vis embrasser et l'être, toucher et l'être, faire des choses et en être l'objet, se plier à toutes les configurations anatomiques permises par les rues ou les halls d'immeuble, car mes filatures cela va sans dire ne passaient jamais sa porte, il est des choses tout de même qu'il vaut mieux ne pas voir car il y a aussi une imagination des yeux, plus tard cependant je fus tout près de franchir son seuil, mais ce fut dans d'autres circonstances que peut-être j'évoquerai pour vous ce soir, si du moins l'arbitre m'en laisse le loisir en ne ramenant pas à huit les dix minutes de pause qui nous sont dues avant la prolongation. Je dois bien avouer qu'au sein même des filatures l'ulcère souvent pointa, c'est souvent que mon ventre manqua commander à mes pieds de combler les vingt mètres qui me séparaient des deux silhouettes fondues dans l'ombre, je l'entendais qui réquisitionnant ma bouche disait ce corps là-bas est à moi ce corps m'est dû qui y touche essuie mes foudres qui en approche je vomis sur lui tout ce qu'il y a en moi de limaille de silex et de viande de mammouth et la bile avec, je luttais pour tenir mes pieds immobiles, comprimant mon ventre pour qu'il ne s'expectore davantage, pensant il le faut il le faut, comme dans les films américains quand le héros pense il le faut il le faut, il le fallait car nous partons du plus bas et rien n'arrivera sans cruauté dirigée contre soi, charité bien ordonnée, mis minable par moi-même, ombre de leurs ombres, tuteur de gouttières, oreille des murs, cela dura quelques mois puis j'interrompis les manœuvres, elles étaient devenues inutiles, je digérais mieux désormais les expropriations, jusqu'à une presque indifférence dont je me félicitai mais qui parut suspecte à Julie n'y voyant qu'inhumanité, une fois elle avait dit peut-être qu'au-delà d'humain il n'y a rien, peut-être qu'au-delà d'humain il y a juste inhumain, elle l'avait dit une fois et le répéta à ce moment et moi je fis semblant de rien, j'avais vu venir le coup et ne rétorquai pas, je savais bien que toujours ça revient, que ça ne plie pas comme ça, je sais bien que c'est ça qui vient se rappeler à votre souvenir quand vous me téléphonez les soirs de printemps, ce n'est pas du jeu que vous voulez me parler, ce ne sont pas des mots que vous quémandez mais une nuance dans mon timbre qui vous adoube affectivement, souvent dans vos étreintes d'après victoire j'ai senti que vos bras enlaçaient davantage qu'un maître à jouer, si je peux me permettre cette périphrase par quoi la presse parodiquement me désigne, et alors je me dégageais aussitôt, non que je n'aie été sensible à ce transport ni qu'il ne m'ait procuré aucune joie, mais la joie c'est encore le ventre glissé dans la peau de l'ange, je me méfie, on ne se méfie jamais assez, le mieux est de procéder comme toi Stéphane, voir venir de loin les jambes du défenseur malveillant et sauter par-dessus avant qu'elles ne vous cisaillent les tibias. Je ne dis pas que l'émotion sent mauvais, je ne dis pas qu'il ne m'eût pas paru à moi-même inquiétant de ne pas essuyer une ou deux larmes au soir de la victoire en coupe de France l'an dernier, je dis juste qu'il faut garder l'œil pour percer à jour ce qui s'avance sous le nom d'humain et apercevoir la volte-face qu'opérait Julie lorsqu'elle entendait réviser les termes de notre contrat, certaines des formules justifiant sa requête ne trompaient pas, le besoin naturel chassé revenait au galop, je vous dis souvent qu'il faut descendre de votre cheval et progresser à pied, désamour était appelée mon assiduité lâche, désamour aussi ma distance à son corps, elle disait à ce jeu nous deviendrons étrangers l'un à l'autre, je disais c'est le but, elle disait drôle de but, je disais c'est le but mais pas la fin dernière, la fin dernière est une réalisation de la modernité, ni plus ni moins, je voulais d'un amour qui ne tienne que par son style, d'un amour sans contenu, d'un amour sans fond, Julie parfois aurait voulu s'initier au football et que cet intérêt commun nous nourrisse, je me méfiais et limitais mes exposés à quelques rudiments, je ne voulais rien entre nous que la machine que nous actionnions, je voudrais que notre jeu tienne tout seul, je voudrais une équipe qui ne se soutienne que d'elle, moi multiplié par toi égale nous multiplié par toi plus moi égale nous puissance toi et moi, j'aime quand du football c'est l'essence collective qui est déclinée, j'aime un but construit à onze et schématisable en une figure aussi inédite qu'est subtil le système de passes qui y a présidé, j'aime le joueur à qui le juste examen synthétique des déplacements de tous les autres permet l'exécution d'une passe qui inaugure une chaîne limpide de transmissions tactactactac, celui en somme capable de se représenter le champ de mobilité à la fois actuel et potentiel des vingt-deux protagonistes. De cette orientation générale le jeu en triangle est la réduction quintessentielle. A passe à B tout en évaluant si le mouvement de C est susceptible de le mettre en position de recevoir une remise immédiate de B, C modulant quant à lui sa course en fonction de la vitesse et de la trajectoire prévisibles de la passe de A, lesquelles conditionnent la nature de la remise de B, trois joueurs, deux transmissions, deux anticipations, si bien que tactac décalage, équipe adverse mise hors de position par le trio, par la tiercité même du trio, qu'on me pardonne cette audace lexicale mais le néologisme est la révérence du langage à la nouveauté, trois était au début mais ce que trois font en s'infléchissant mutuellement est autre chose que trois, j'avais dit à Julie il y a toi il y a moi mais s'il n'y a pas un autre truc nous n'irons pas haut, deux ne suffit pas, elle a dit et trois mène à tout ?, j'ai dit j'aime à le croire, j'aime que le collectif soit davantage que la somme de ses composantes quand eux ne jurent que par l'effort d'un seul, le collectif leur est invisible, ils n'y entendent rien et partant s'ennuient, la passe leur semble une unité négligeable et improductive, et l'enchaînement de passes un pis-aller en attendant qu'un des onze se dresse et prenne seul les devants, il est mal en point le pays qui a besoin de héros a dit à peu près je ne sais plus qui, on le voit bombant le torse s'arroger le ballon et partir à l'aventure en solitaire, accélération sur vingt mètres, tir de loin, reprise de volée intégrale ou retourné en ciseau, eux ne jurent que par cela, ou par ce qu'ils appellent une mine, une praline, une patate de trente mètres, et dans tous les cas pan !, fusil, puissance de feu, foudre divine, éclair du génie, épanchement statique du moi triomphant, incrédulité voire méfiance quant à la possibilité de sa multiplication par immersion dans un ensemble, logique pauvrement additionnelle, moi plus moi plus moi plus moi plus moi plus moi plus moi plus moi plus moi plus moi plus moi égale onze, c'est tout, c'est pas plus compliqué, inutile de se creuser, c'est une opération qu'un épicier peut faire de tête, une bonne équipe est une équipe dont les joueurs sont bons disent-ils, ils veulent des stars, ils veulent des grands hommes, ils élisent des élus, dès ses premiers pas il avait la vocation il ne quittait jamais son ballon dès l'âge de trois ans il était celui qui disait non à quatre ans il passait déjà la main dans son giron cotcotcot, leur football est un sport individuel, leur football est de la lutte gréco-romaine, ce soir au bout d'une heure vous vous êtes laissé conduire dans l'arène, onze combats d'homme à homme juxtaposés, combat à l'épaule, chacun pour sa peau chacun fait son trou, parti de rien jungle struggle for life success story up and down splendeur et misère, à qui le meilleur coup de rein et qui s'élèvera le plus haut pour avec la tête balancer une balle déjà aérienne jusqu'entre Neptune et Pluton, loin loin du rectangle vert, aussi loin qu'il est nécessaire pour ne pas être mêlé à la solution collective dont il est l'éprouvette, loin loin du champ afin que statu quo, chacun demeuré égal à lui-même, chacun sur son quant-à-soi. À la fin du match il reste à faire les comptes, à vérifier que chacun a bien été ce qu'il est, a bien été à sa hauteur et en dernière instance conforme à son prix, je voyais bien ce qui revenait sous le nom d'humain dans les objections de Julie et c'était Julie, c'était son nom à elle, dans sa bouche une question présidait à toutes les autres, c'était et moi dans tout ça ?, un soir après un silence où sourdait une discorde elle a dit tu m'as choisie mais n'importe qui aurait pu l'être, j'ai dit peu sont capables autant que toi de réaliser ce que peut-être nous réaliserons, elle a dit je ne vaux donc à tes yeux que comme partenaire ? À cela j'aurais pu répondre qu'en effet à tout prendre le jeu importe davantage que les joueurs, que le toi et le moi sont dérisoires au regard de ce qu'ils fabriquent, et, citant je ne sais plus quel cinéaste, qu'on pourrait faire jouer des chaises à la place des acteurs, j'aurais pu dire tout cela mais je me suis tu car soudain me nouait la certitude que Julie abandonnerait, qu'elle avait déjà abandonné et faisait ses comptes, y gagné-je y perds-je ? suis-je aimée pour ce que je suis ? suis-je estimée à ma juste valeur ? que vaux-je ? miroir miroir dis-moi qui cotcot, je n'osais y croire mais c'était l'heure du bilan chiffré et tout finirait on mourrait seul, oh ! Julie oh ! notre amour raté, oh ! notre amour échoué sur les récifs du continent qui attendra encore d'être peuplé, oh ! notre amour échoué plus tard sur le seuil de ta porte mais dès ce moment se pressentait notre fin, prévisible car nous étions partis du bas, au départ il y a la terre qui est basse, au départ il y avait juste toi et moi et c'était peu, il y avait juste toi plus moi égale toi et moi, toi et moi qui s'aimaient parce que c'était toi parce que c'était moi tautologie amour nourri de toi nourri de moi nourri de soi je t'aime parce que je t'aime autophagie autarcie amour envers et contre tout je t'aime hors de tout je t'aime en haine de tout et dans les plis de l'oreiller nous nous murmurons combien le monde ne nous mérite pas repli défensif ressentiment serre-moi fort fais écran entre moi et eux tu es le monde entier tu es toute ma planète tu es ma lune cotcot, moi j'aurais voulu la lune mais non point l'être, non point l'être mais en être digne seulement et caniches nous élever tactactactac à l'infini, les moins fielleux parmi eux pensent que par trop tactique notre jeu est limité et hermétique à l'imprévu qui disent-ils est le véritable infini, pour une fois ce n'est pas idiot mais selon nous l'infini est dans la passe, dans la divine aptitude à se projeter par elle au-delà de soi, et peu importe que cela ait été répété mille fois à l'entraînement, peu importe la mornitude des coulisses si vous étincelez sous les projecteurs, c'est leur jeu à eux qui, spontané, campé sur l'humain, se résigne à la finitude, le plus rapide court plus vite que plus lent que lui, le plus grand est plus grand que plus petit que lui, le plus brun a les cheveux plus bruns que moins brun que lui, tout joué d'avance, tout plié, fatalité, généalogie, sociologie, malédiction, tragédie, saloperie, partis comme nous étions, du plus bas, du plus bas que terre qui déjà est basse, il était fatal qu'un jour Julie se relocalise en son site et depuis lui appréhende tout à sa mesure, j'ai tapé du pied parfois et Julie c'était fatal s'imaginait que je m'ennuyais avec elle, j'ai embrassé des joues et Julie c'était fatal y lisait un déni des siennes, j'ai perdu le sommeil et Julie c'était fatal s'est crue coupable d'angoisser mes nuits, tout à l'heure au milieu de la deuxième mi-temps vous vous êtes subitement rappelés à vous-mêmes, dans une flaque de la pelouse vous vous êtes vus beaux et il fallait que cela se sache, à eux qui peu à peu transformaient l'aire de jeu en tatami vous avez voulu en remontrer, prouver que vous étiez capables de briller sur ce terrain aussi, voir ce qu'on va voir, de quel bois je me chauffe, apprendre à connaître qui je suis, de nous deux un de trop dans cette ville cowboy, ils vous ont défiés et vous avez relevé, il ne faudrait jamais relever, ils n'attendent que cela, aiment à nous voir en aussi laide posture qu'eux, cela les rassure, les preuves de Dieu irritent le mécréant, notre puissance homogène les irrite alors ils prennent un plaisir malin à mettre en lumière certains d'entre vous, ce qu'ayant fait ils clament que notre prétendu collectif n'est qu'un agrégat de très bons joueurs, une somme d'individualités, récemment ils se sont servis de Marahma, ils l'ont extrait du onze et l'ont appelé joker, ou petite perle, ou homme providentiel, ils ont dit qu'il nous avait tirés de plus d'un mauvais pas, il est vrai qu'ils s'y entendent en mauvais pas, leurs pieds sont des chaussures de ski et ils parlent avec des moufles, dans leurs colonnes ils saluent perfidement notre génie d'être allés dégoter un buteur comme Viorel, c'est une façon pour eux d'occulter notre vrai génie, si tant est que nous en ayons, celui dont la possibilité les nie, le génie sans nom propre. Surtout ils parlent d'Éric, ils n'arrêtent pas, ils en ont tellement parlé à des fins retorses qu'ils ont fini par croire à leur ruse et l'ont élu meilleur joueur de l'année, en ce moment encore j'entends sans l'entendre mon homologue, ainsi le nommé-je non sans ironie, aboyer de l'autre côté de ce mur que le seul danger vient de lui, que pour la demi-heure qui reste il n'y a qu'un joueur à surveiller, qu'un de nous à marquer à la culotte et c'est lui, Éric, celui sans qui disent-ils l'équipe ne ressemblerait à rien et c'est bien la preuve ajoutent-ils que la force de l'ensemble réside dans la force du chef, et moi bien sûr je m'inscris en faux quoique je sache qu'ils ont raison au fond, du point de vue du fond ils ont toujours raison, je niais auprès de Julie l'avoir choisie pour elle-même, comme on dit, et non sur sa seule capacité à aimer juste mais au fond je savais bien, je savais que de prime abord et à jamais il y avait eu sa tessiture improbable et le petit théâtre de poche de son narcissisme coquet, je le savais mais le niais car c'eût été apporter de l'eau à son projet de se remettre au cœur du débat miroir miroir dis-moi qui, il y a des choses qu'on sait mais qu'il est dialectiquement nécessaire de taire, il ne faut pas désespérer le jeu, je sais bien qu'Éric n'est pas une pièce interchangeable de l'ensemble, je sais bien qu'une chaise aurait moins contribué que lui à ce que nous nous trouvions en ce moment à une demi-heure d'un trophée européen, mais l'ennemi ferait mauvais usage d'un tel aveu, il le dactylographierait, me le ferait signer de force puis en répandrait des milliers de copies comme autant de preuves de sa victoire idéologique, voilà pourquoi je nie. Et aussi parce que c'est inexact. Il est inexact que perdure chez nous l'immémoriale hiérarchie. Éric n'est pas un chef, Éric n'est pas un meneur. Éric n'est pas au-dessus du collectif, il en est à la fois le catalyseur et la zone de visibilité. Il est comme Ivan le Terrible dans je ne sais plus quel film, apparu dans l'appel d'air produit en creux par la masse compacte du peuple, réceptacle vide de sa souveraineté. Éric n'est pas un individu, c'est un lieu, c'est un point de l'espace d'où se sont absentés les chefs et où souffle l'esprit de tous en tant que tous. Eux ne comprennent rien à cela, eux croient qu'il a une autonomie et peut fonctionner hors de notre tout, et donc chez eux, sur leur tatami à peine vert, cadre supérieur de leur boîte à excroissance sportive, depuis six mois ils jouent des coudes pour le recruter, si bien qu'Éric partira bientôt, depuis deux semaines vous faites tous semblant de l'ignorer à l'entraînement mais vous savez son départ imminent, et moi je n'irai pas contre, je sais ce que je sais et je vois ce que je vois mais je n'irai pas contre, je t'ai juste dit aujourd'hui même Éric que tu ne connaîtrais nulle part ailleurs une telle consubstance entre le jeu et toi, puis je me suis tu et je n'en dirai pas davantage, ni sur toi ni sur ceux parmi vous autres qui fatalement seront sollicités par les clubs plus fortunés, c'est le sens de l'histoire, c'en est la fin, fatalité tragédie saloperie, dès ce soir si jamais nous gagnons et même si nous perdons l'Europe viendra frapper à nos portes, elle aura des arguments de poids et vous céderez et moi je laisserai faire, je contrains mais n'opprime pas, si j'en suis réduit à vous retenir de force c'est que ça ne tient plus tout seul, c'est que tout est fini et qu'il vaut mieux en finir, oh Julie ! notre amour était fini, il était limité et un soir sur ton seuil j'ai préféré ne pas forcer la porte, perte de foi ne se raisonne pas, j'ai laissé faire car c'était fait, le mal, les parasites les poules, je veux être aimée je veux être davantage aimée cotcot, oh Julie ! c'était bien naturel mais précisément c'étaient des voix de poules et ceux qui parmi vous seront courtisés par l'Europe les entendront bientôt, elles diront on me considère enfin au moins ici je suis personnellement gratifié cotcot, peu de temps s'écoulera avant les premiers reniements, vous direz avant je n'existais pas ici je m'épanouis, vous direz ici les liens entre nous sont très forts là-bas c'était un peu froid, bientôt vous n'en parlerez même plus, vous feindrez d'oublier puis oublierez vraiment, on vous interrogera et vous direz de quoi voulez-vous parler ?, à vous entendre rien n'aura eu lieu, oublié l'état de grâce de certains soirs que j'appelle sans brosse parce que d'avoir pratiqué un jeu aussi aérien vous épargne le nettoyage des chaussures, oubliée la mise en œuvre ici et là de séquences de jeu inédites, rien ne se sera passé, Julie à son tour dirait il ne se passait rien, il n'y aura rien à en dire sinon que ce n'était pas grand-chose, une erreur de jeunesse et l'aveuglement afférent, nous n'avions pas toute notre tête direz-vous, il y avait cette folie de croire que le vieux jeu était subvertible mais aujourd'hui nous avons compris que non, qu'il faut faire avec et s'y distinguer autant que possible. Je vous y vois déjà car c'est du déjà-vu, vous deviendrez de vrais professionnels, vous serez des gens responsables, hygiène de vie équilibre cotcot, vous serez performants, vous musclerez votre jeu comme ils disent, apprendrez à jouer en première intention comme ils disent, moi j'appelle ça jouer-en-première-connerie-qui-passe-par-la-tête, réception du ballon et transmission impensée au premier venu, bon débarras et qu'il se démerde avec ça, tant pis s'il ne demandait pas le ballon qui lui échoit, tant pis si son placement impropre le condamne à en faire un usage maladroit, tant pis si ce n'est pas un footballeur mais un facteur en tournée ou quelque autruche égarée, j'en ai même vu faire des passes en première intention à une vache laitière qui ruminait à côté, l'important est de tenter disent-ils, c'est bête comme un lave-vaisselle mais frais et spontané, ils n'aiment pas les prospections, ils jouent comme ça vient et appellent rabat-joie celui qui les engage à peser le pour et le contre, Julie a dit prenons le risque de la laideur et nous verrons bien, j'ai dit c'est tout vu car c'est du déjà-vu, elle a dit fais-nous confiance redevenons simples, j'ai dit je me méfie des choses simples, ils disent que nous pissons froid et dans des violons, ceux-là mêmes qui vous dirigeront dès l'an prochain ou plus tard disent cela et moi je laisse dire mais je n'irai pas vous voir jouer sous leur coupe, je ne veux pas être l'enragé témoin de votre beauté d'ici gâtée là-bas, oh Julie ! là où tu es maintenant à quelles injustesses cèdes-tu que nous travaillâmes à esquiver ?, au pire il t'a présenté sa mère qui t'impose de l'appeler maman foin de chichis entre nous, au pire vos corps sont avares l'un de l'autre c'est bien naturel, au pire vous dormez enlacés, achetez des choses, avez une voiture, faites des voyages splendeur de la montagne décuplée par main dans la main nous aurons des enfants et ils seront beaux comme nous, au pire conflits réconciliations amour plus fort après l'épreuve, au pire intimité proximité compréhension sans se parler, consolant quand triste, apaisant quand anxieuse, élogieux quand belle, compréhensif, compréhensif, Julie regardée et aimée comme jamais avant, reconnue comme jamais et ravie de l'être, c'était fatal, fatalité tragédie saloperie, la vanité toujours fait retour et vous partirez tous vers d'autres clubs. La vanité je n'en étais pas exempt non plus loin s'en fallait, la sentant remonter en elle Julie s'est mise à la stigmatiser chez moi et elle n'avait pas tort, elle a dit sous couvert de nous édifier tu joues pour toi, tu penses œuvrer à nous embellir mais en écumant les nuits tu veux avant tout être rassuré sur ton compte, c'était grossier comme de la psychologie mais vrai, on est à peu près sûr de faire mouche quand on parie sur le pire, c'était vrai j'aimais qu'elles me cèdent et je faisais les comptes, en fin de nuit je passais à ma propre caisse, conquête, victoire, triomphe, foule massée sur le passage du char où moi érigé, mon général l'Empire est à vos pieds, c'était vrai j'aimais mon empire sur elles, et inversement mais c'était la même chose il arrivait que ma gorge se noue d'amertume devant un refus, il arrivait qu'être éconduit me vexe et fasse douter de mes atouts, on est comme ça, on se vexe, lorsque je vous désigne remplaçant vous vous vexez, que ce soit les données objectives du match qui l'exigent n'y fait rien, vous le prenez pour vous comme on dit, c'est fatal, c'est ainsi, être éconduit me nouait, et Julie avait raison de subodorer que mes fins dernières s'oubliaient dans les calculs de l'amour-propre. Pour m'y soustraire je me concoctai un répertoire de réparties, chacune destinée à neutraliser une blessure précise, liée à un mode précis de rabrouement. Dans un premier temps je les appris par cœur et le moment venu formulais mécaniquement la plus adéquate, la mécanique est la meilleure auxiliaire du débutant et je partais du plus bas. Si elle me disait tu n'es pas assez beau pour moi, déclinaison classique et partant prévisible, moi je récitais en détachant bien les syllabes oui mais je ne suis pas assez laid pour toutes les autres, celle-là je l'avais lue quelque part, c'était le genre de répliques dont l'oralité rachète la lourdeur objective et alors mon interlocutrice se détournait comme annoncé mais en riant un peu et donc j'étais moins vain. À la fin j'intériorisai si bien les réparties qu'elles parurent indubitablement façonnées sur le tas, ils adorent ça, l'improvisation les épate et chaque fois je sauvais la face, j'étais encore noué mais les mots donnaient le change, la parole tenait toute seule et finit par désembouteiller totalement ma voie orale, courant d'air, la séduction ne me fut plus que jeu, j'aimais le schéma même de la joute et sa vitesse propre, à moi, à toi, tac au tac, tu parles je rétorque tu relances je contre-attaque tactactactac, pur entregent indifférent à sa motivation inaugurale et à son dénouement, je l'assurai à Julie qui ne me crut qu'à moitié, elle dit on ne peut jamais être sûr, il n'y a pas de corps pur, la sainteté est mâtinée d'orgueil, ou peut-être pas, peut-être qu'on peut y croire, ou du moins qu'il faut croire à la possibilité que le faux tienne lieu de vrai et la surface de profondeur, parfois vous me dites j'ai mal aux jambes et si j'ai mal aux jambes je ne peux pas bien me positionner pour recevoir la passe, je dis pense à bien te positionner et tu n'auras plus mal aux jambes, tout à l'heure en rentrant au vestiaire Nicolas m'a dit je ne jouerai pas les prolongations je n'ai plus la force, je lui ai dit pense à bien poser tes pieds et la question de la force ou de son absence sera secondaire, il a souri parce qu'il connaît le refrain et que ça n'allégeait pas ses jambes et moi je le savais bien, eux aussi sourient quand je dis que le facteur physique est aussi neutre que le zéro dans l'addition, dans leur cas c'est un sourire moins bienveillant que le tien Nicolas, c'est le sourire de l'incrédule autosatisfait, celui du positivisme arrogant, ils disent si l'état de vos corps compte si peu vous n'avez qu'à les laisser aux vestiaires, un temps je suis tenté de répliquer que c'est ce que nous faisons mais finalement je laisse dire, je préfère m'en remettre à vous sur le terrain, preuves en mouvement de ce que j'avance, ce soir pendant une heure vous avez été des preuves, vous étiez si lestes et eux si positivement physiques que de loin en loin je vous ai vus littéralement les survoler, sans doute ai-je eu une vision mais j'ai cette propension, pendant plus d'une heure vous avez montré une indifférence onirique à la force, ne regardant qu'au jeu vous vous disiez ceci est un ballon, ceci est mon pied, ceci est un pied adverse, si du second j'effleure comme ceci le premier les deux esquiveront le troisième à l'affût, pendant plus d'une heure vous étiez une technique et puis vous avez relevé la tête et les avez vus qui vous disaient c'est ça ma mignonne fais joujou avec tes pieds, leurs corps vous disaient tu ne fais pas le poids ma belle, ils vous disaient ce genre de choses d'avant-garde et vous vous avez relevé, il ne faudrait jamais relever, vous avez voulu montrer que vous ne manquiez pas de ce dont ils riaient de vous voir dépourvus, je ne m'explique pas cette faiblesse de votre part, ou plutôt si je me l'explique car cela aussi Julie a fini par le diagnostiquer chez moi et à raison, parier sur le pire préserve à peu de frais de l'erreur, elle a dit tu prétends fuir le ventre mais tu cours vers son bas, c'était grossier comme de la psychologie mais vrai, j'étais parti de là, du bas, du ventre, et en procédais encore, lorsque de verbales les joutes de nuit devenaient érotiques je me laissais négligemment aligner au départ de la compétition ancestrale, saison des amours, lutte des mâles, corne contre corne, brame si victoire, performance, démonstration de force, positions maîtrise endurance expérience savoir-faire, il sait y faire, il sait comment s'y prendre, la vanité virile remontait des profondeurs et je dus encore m'exercer contre moi. Comme précédemment je m'imposai une série de restrictions au sein de la situation sexuelle, premièrement cantonnement des corps impliqués à leur agencement le plus dénué de résonances sportives, deuxièmement et par souci d'équité prohibition de la fellation si moi debout et tolérance éventuelle si moi couché, corollairement interdiction inconditionnelle de la figure symétrique par trop connotée du côté du savoir-faire, troisièmement abdication immédiate si défaut d'érection, quatrièmement volontarisme dans l'absence de contrôle et acceptation presque complaisante de la précocité subséquente, cinquièmement quoique chronologiquement prioritaire exécution expéditive voire occultation des gestes préliminaires ou périphériques sauf baisers sur la bouche pour ce qu'ils rééquilibrent, à condition de retenue, l'inégalité constitutive de la pénétration. Dans les premiers temps je ressentis naturellement, naturellement, quelque gêne devant le désarroi poliment muet de mes vis-à-vis, et je dus recourir à un autre répertoire de réparties prémâchées, afin notamment de déjouer les humiliations contiguës aux cas de figure trois et quatre. Il m'arriva aussi, au cœur des ébats, de devoir me chatouiller un pied avec l'autre afin de créer un contrepoint à la complaisante sensation de soi de mon sexe, dont je sentais qu'elle le vouait à des initiatives peu indiquées dans le cadre de ma cure. Néanmoins je parvins en gros à m'en tenir au minimum prescrit, je dis en gros car naturellement il y eut des rechutes, naturellement, par exemple accélération et intensification fougueuses du va-et-vient constitutif de l'enroulade, ou saisie à deux mains de la tête de mon acolyte sexuée pour accompagnement frénétique de sa fellation, ou contorsions directives du corps de la même afin d'optimiser son supposé plaisir, ou encore tension flattée de l'oreille à la moindre exhalaison dudit plaisir, cette dernière entorse manifestant plus que toute autre une inquiétude masculine résiduelle à la révocation de laquelle plusieurs mois sous ce régime furent nécessaires, et utiles car à ce stade j'accédai à une indifférence qu'immodestement je dirais parfaite au bilan phallométrique des opérations et pour tout dire aux opérations elles-mêmes, non que je n'y trouvasse un certain plaisir, au reste il n'est guère souhaitable de n'y en pas trouver, mais dans l'anecdotique mesure où j'aurais pu m'en priver tout bonnement. Triomphant j'ai annoncé la nouvelle à Julie qui ne m'a cru qu'à moitié et a dit si tu peux t'en priver prive-t'en, j'ai dit tu oublies les fins dernières, tu oublies le grand soir auquel nous aspirons, souviens-toi que je ne me multiplie pas par envie mais au sein d'une démarche autopédagogique, si j'y renonce nous serons à nouveau liés et tout sera à redéfaire, elle a dit je ne peux pas croire que tu n'y mets pas un peu de cœur, j'ai dit je ne peux que te demander de me croire, elle a dit je ne pourrai jamais te croire parce que moi-même je peine à ne pas y mettre de cœur, j'ai dit essaie encore procède comme moi, elle a dit ta méthode est invendable, elle ne sied qu'à toi, regarde-toi tu joues tout seul, tu pars un moment et quand tu reviens tu me dis combien tu as progressé et j'ai peine à sourire parce que moi je n'ai pas avancé d'un millimètre, depuis quelque temps je plafonne parce que nous arrivons à un point qui est un carrefour et nos routes s'y séparent, tes exercices sont pensés pour ton corps et pas pour le mien, structurellement il y a un hiatus, j'ai dit structure fatalité tragédie saloperie, elle a dit tu peux faire le malin avec ta bouche mais tout m'est moins facile qu'à toi parce que mon corps est d'une femme et hélas ce n'est pas rien, moi hélas c'est mon corps tout entier que je dois travailler à détacher. J'aurais pu arguer de ce que si son corps s'impliquait tout entier et le mien partiellement il aurait dû m'être plus intolérable qu'à elle que nous les tenions à disposition d'autrui, mais c'eût été céder avec elle à la psychologie génitale et nous n'en sortirions plus, oh Julie ! fallait-il que notre amour soit écorché déjà pour que de tels archaïsmes s'invitent dans nos bouches, les femmes les hommes le corps des femmes le corps des hommes le corps des femmes est un sanctuaire le laisser pénétrer ne va pas de soi visite jamais anodine contrecoup obligé dégoût de soi des heures à se frotter sous la douche cotcotcotcot, tout cela vrai naturellement, naturellement, mais langage de poules, marmelade de compote de jus de pommes, tout cela vrai naturellement mais j'aurais voulu que nous allions au-delà tactactactac de la vérité, il y a des vérités que la longue marche perdrait son temps à considérer, j'aurais voulu imposer le silence et passer outre mais je voyais bien que la compote n'était qu'un premier jet, qu'à travers elle quelque chose se frayait un chemin qui nous portait autrement loin, qui portait à notre jeu une atteinte autrement grave et me propulsait d'ores et déjà sur le seuil de sa porte, un soir, plus tard, je le raconterai tout à l'heure si l'arbitre nous laisse nous reposer dûment. Aussi l'ai-je laissée continuer et cela est venu, elle a dit il faut les aimer tous ou être une pute pour supporter cela, je crois que tu ne te rends pas bien compte, tu dis structure saloperie mais tu ne te figures pas les milliers d'années dont se souvient le corps d'une femme, dont mes visiteurs aussi se souviennent, je les vois faire, ils s'avancent vers ma porte, y frappent ou la passent avec moi selon les cas, s'aventurent timidement dans l'appartement, ne prennent pas les devants, attendent qu'un geste les y invite et une fois que je l'ai fait se renversent sur moi et procèdent doucement et cette douceur est insupportable parce que je sens qu'elle nous trahit toi et moi, alors j'essaie d'être un peu plus sèche et donc je suis une pute, les plus grossiers parmi eux s'en réjouissent, les autres m'en veulent et ceux-là je les aime, un peu seulement mais c'est déjà trop, pute ou amour dans les deux cas nous perdons, pute je perds toute seule et amour nous perdons tous les deux et cela viendra, si nous continuons cela viendra, il faut cesser ce jeu, interdis-moi ces infidélités elles sont au-dessus de mes forces, tiens-toi plus près et empêche-moi, j'ai dit ce ne sont pas des infidélités, elle a dit j'essaie de te faire comprendre que si mais tu n'entends pas, j'ai dit je ne t'empêcherai pas, si je t'empêche je nous ligue contre la vie et il vaut mieux mourir tout de suite, elle a dit inventons quelque chose à ma mesure, j'ai dit la demi-mesure ne fait pas table rase, la demi-mesure pactise avec ce qui précède, un mois de vacances communes mais l'autre séparés, visites aux beaux-parents mais rares, eau dans le vin, partenaires sociaux, la semaine dernière les dirigeants de notre club ont formulé le souhait de diversifier notre potentiel, ils aiment notre légèreté mais entendent lui greffer quelques muscles, ils voudraient le dosage parfait, ils voudraient que nous soyons lourds et aériens à la fois, ils voudraient le grain sans l'ivraie, vieux rêve, et moi je leur ai dit qu'il ne faudrait pas compter sur moi pour convertir au jeu les deux ou trois lourdauds dont profitant du départ de certains d'entre vous ils vont s'attacher les services, et sans doute que leur apport ne sera pas nul, sans doute que d'un certain point de vue l'équipe progressera, mais cela se fera sans moi car ce point de vue n'est pas du ressort de mes yeux, il y a des hommes plus compétents que moi pour cela, pour ce que tu aimerais je ne suis pas l'homme qu'il faut, je ne peux pas être à la fois moi et l'homme qui vient nier que j'aie pu seulement exister, à la fois moi et l'homme qui vient après, il ne faut pas en demander trop, elle a dit tu m'en as demandé trop, j'ai dit je veux bien le croire et tu parles au passé, elle a dit j'ai peur, j'ai dit ne pense qu'à tes gestes et la peur disparaîtra car la peur n'est pas un geste. Ainsi j'ai conclu sur une note progressiste mais c'était mécanique, prière sans foi, spasme aphoristique sans conviction, c'était pur réflexe car j'avais compris, ou peut-être ne savais-je pas vraiment que j'avais compris mais je vois bien maintenant que c'est à ce moment-là que tout a été objectivement clair, peut-être même avais-je toujours su, peut-être était-ce clair dès le départ, avant Julie, avant nous deux, peut-être est-ce toujours couru d'avance, personne n'a jamais dit que la vie était juste, tout à l'heure j'ai situé le début de votre défection à l'heure de jeu mais je me souviens en avoir eu la prescience bien avant, certes sans le formuler mais à ce moment il y a eu un point dans mon ventre, oui oui bien avant, je vois bien maintenant quand. C'était au moment du premier tacle de Matthieu, en première mi-temps. Vous savez ce que je pense des tacles. Je vous les interdis à l'entraînement et déconseille en match. Le tacle est un renoncement à la juste verticalité, le tacle est l'abdication du jeu. En s'exécutant le tacleur ne se nie pas seulement comme joueur, car un joueur digne de ce nom ne se vautre pas cul par-dessus tête, le vert de la pelouse submergé par la terre retournée, labour, régression, en taclant il s'exclut également de lui-même du jeu. Car quand bien même son tacle serait efficace, l'offensive adverse étant stoppée net, quand bien même il se relèverait dans le mouvement même de sa glissade, prêt à défendre encore, quand bien même les dégâts seraient limités le tacleur a pris un double risque intolérable au jeu, celui soit d'être mis au ban du mouvement global par un contre-pied habile de l'attaquant, soit de s'y maintenir mais à terre et dans l'incapacité d'y évoluer comme il se doit, c'est-à-dire mobile, disponible à la passe, présent aux autres. Eux adorent les tacles, les Anglais surtout, ce sont des insulaires, ils aiment les risques, ils les prennent et les pèsent seuls, ils sont leur propre juge, ils n'ont pas de compte à rendre à l'ensemble qui les accueille, ce sont des protestants, en ce moment c'est du tacle que parle mon homologue, ainsi le nommé-je avec le sourire de qui se brûle, sans l'entendre je l'entends de l'autre côté de ce mur et c'est à l'arme du tacle qu'il pense quand il dit pendant la demi-heure qui reste continuez à vous jeter sur tous les ballons donnez tout sortez-vous les tripes à plat ventre, le tacle est l'unité fondamentale de leur déploiement, le chiffre de leur idéologie, le microcosme d'une logique générale d'affrontements individuels, cours vite sinon je t'attrape saute haut sinon tu tombes, un bon taclé est un taclé qui ne se relève pas et si ses chevilles volent en même temps que le ballon le tacleur comblé s'en excuse. Mais ce n'est pas la barbarie qui dans le tacle me rebute, ce n'est pas un scrupule pacifiste ou une proscription universelle de la violence qui le contre-indique, la vérité est que le jeu à terre par quoi on peut résumer le tacle est contre-productif parce qu'il est aveugle à la situation où il a lieu. Toute sin porte sa justesse, il reste à en produire la formule et à s'y conformer en actes, j'appelle cela faire justice à la situation, les justes ne sont pas ceux qu'on croit, pas ce qu'on croit, on parle de leur vertu mais c'est mal parlé, ce n'est pas par vertu mais pour avoir bien pensé qu'ils se retrouvent du côté dit bon, par déduction si l'on veut, d'avoir le courage et le talent de bien déduire voilà ce qui distingue le juste et on a connu un mathématicien engagé en tant que tel dans la Résistance, au prix d'une décision arithmétique aussi peu héroïque que sa mort quelques mois plus tard sous la torture, notre fair-play n'est pas héroïque mais pertinent, notre refus du tacle n'est pas humanisme mais cohérence, tacler serait faire injure au jeu dont la vérité interne est qu'il se joue debout, tacler revient à s'enfoncer un poignard dans le pied et on boite comme pingouin tout juste relevé de la glissade, le tacle est une glissade de pingouin et quand Matthieu, qui d'ordinaire ne défend que debout j'en ai pleuré d'estime souvent, quand Matthieu a taclé j'ai senti sans le formuler que nous mettions un pied à terre et consentirions sous peu à poursuivre le match sur la banquise, et de la banquise il n'y a rien à tirer parce que l'espace s'y fout de sa propre gueule. Un des leurs et toi Matthieu étiez aux prises sur l'aile gauche, il t'y avait déporté sciemment et n'attendait que de te voir te jeter en avant et glisser sur les fesses sur quatre mètres jusqu'à lui docile au contact et hilare de t'avoir tiré à sa bassesse, car tu as cédé, tu t'es retrouvé à l'horizontale et je ne t'en ai pas voulu mais sans me le dire je me suis dit voilà, à leur tour maintenant, notre temps est consommé, le match va continuer mais sans nous, c'est la fin de nous, il y aura eu du jeu mais c'en est la fin, un soir Julie a dit il arrive quelque chose, il arrive ce qui devait arriver, j'ai dit fatalité tragédie saloperie, elle a dit l'un d'eux m'aime et j'aime comme il m'aime cela devait arriver, j'ai dit j'avais foi dans ta vigilance et à la fois pas foi car nous sommes partis du plus bas, elle a dit laisse un peu ce refrain, tout n'est pas affaire de vigilance, peut-être qu'au fond j'ai volontairement baissé ma garde, peut-être qu'au fond j'ai ce que je voulais, j'ai dit tu abandonnes, elle a dit je ne t'abandonne pas, j'ai dit tu abandonnes notre truc et tu sais bien que tout autre projet se déclinera sans moi, elle a dit je ne t'abandonnerai jamais, j'ai dit aie au moins le courage d'énoncer que si, elle a dit je n'énoncerai rien de tel parce que ce n'est pas exact, ce qui m'arrive là-bas n'efface rien, c'est autre chose, quelque chose qui ne pourrait venir de toi tu as raison, c'est de l'amour dans la vie, avec l'autre nous marchons dans la vie, je vois pointer ton sourire mais ne souris pas car je suis heureuse et j'ai mal, lui et moi cheminons à travers la vie, main dans la main parfois c'est vrai et c'est ridicule mais c'est le prix à payer pour être dans la vie et nous y sommes, il y a des gens, il y a des objets, il y a aussi des arbres et des feuilles et c'est bien, pas la nature à travers eux, non, pas les cui-cui et la paix des dimanches, rassure-toi je ne suis pas tombée si bas, par arbres et feuilles j'entends le vent qui souffle dedans et nous arrive frais sur le front et nous ne disons rien, c'est un amour con comme le silence, parfois il est rompu par des voitures qu'on regarde passer ou qu'on conduit vers des horizons effectifs, avec tout autour de l'espace concret, de l'espace sans ligne de démarcation, nous nous laissons aller à ses aspérités qui ne ressemblent à rien, contours vaporeux de nuages où nous apparaissent des visages qui ne pipent mot, nous ne leur demandons rien, nous laissons faire, c'est un amour con comme l'improvisation, c'est plein de bêtises, plein de fautes de goût et dans le même pli de grâces inopinées, dans le même sachet où l'on trouve des partages de brosses à dents et des lettres d'amour bidon il y a soudain une contingence qui fait sourire et rester dans la vie, dans les arbres, dans les voitures, dans les chiens qui aboient, car il y a aussi des chiens qui aboient, et moi je n'aime pas les chiens, encore moins ceux qui aboient, mais bon, voilà, ce sont des chiens, ils aboient, je sais que tu voudrais les exterminer mais en attendant ils aboient, toi tu voudrais qu'ils n'aboient pas mais parlent, au fond tu voudrais qu'ils fassent tout comme toi, parce que toi tu parles, tu parles tout le temps, si tu ne parles pas c'est que tu dors et tu dors peu parce que tu as le silence en horreur, le silence est immobile et toi tu ne tiens à la vie que mobile, tu sais que si le mouvement s'arrête tu es mort parce que tu ne trouves pas d'intérêt à ce qui se contente d'exister, c'est pour ça que tu n'es pas tendre, c'est parce que la tendresse est statique, parfois je te serre dans mes bras et je sens dans mon dos ton regard qui se porte au-delà, et tes mains ont consenti à s'accrocher à mes hanches mais l'une d'elles bat un rythme, c'est ton rythme intérieur, ton trépignement intime, ta vigilance irritée contre la mollesse alentour et sa possible mainmise sur toi, assis tu te sens pris au piège et ton pied a un spasme, embrassé tu te sens empêché de parler et au mieux tu attends poliment que ça se passe, et moi j'en ai ri et j'en ris encore mais tu n'es pas d'ici et moi j'y suis et j'ai peur de tout perdre, à toujours te suivre sans en être capable je vais finir par être nulle part et tout perdre, y compris ce qu'il y a ici et qui n'est pas si indigne, voilà. Elle s'est tue. Moi aussi je me suis tu car si j'avais ouvert la bouche tout de suite il en serait sorti de la compote à base de femmes qui sont des salopes et d'espoir pas permis dans cette sale existence absurde et tout est poussière cotcotcotcot. Au lieu de quoi je me suis penché pour défaire mes lacets afin d'avoir à les refaire, trois fois de suite, cela m'occupait les mains et un peu les pieds, cela m'occupait tout court et neutralisait la compote et alors j'ai pu me risquer à parler, j'ai dit que faisons-nous ?, elle a dit c'est encore trop tôt pour savoir nous verrons plus tard, j'ai dit plus tard est toujours trop loin, moi je demande juste que faisons-nous maintenant ?, dois-je me retirer et si oui par quelle porte sortirai-je ?, et si oui descendrai-je les marches une à une ou deux à deux ?, moi je demande juste comment vivre dans l'immédiat ?, quelle organisation dans l'immédiat ?, quelle occupation de l'espace et du temps pour nos corps dans l'immédiat ?, elle a dit je n'y ai pas pensé, j'ai dit alors je penserai pour deux. Attendu premièrement que le vaudeville menace je suggère que nous ne nous voyions pas pendant trente jours afin de nous prémunir des jeux d'armoire, deuxièmement il est préférable que pendant ce moratoire nous ne nous téléphonions pas car cela m'épargnera de compter en les surinterprétant à base de caoutchouc les heures sans sonnerie, troisièmement je propose de briser là cette conversation sous peine de mal dire, elle a dit laisse-moi t'écrire des lettres au moins, j'ai dit je le proscris aussi car toute tendresse m'y semblera formulée à fin de réconfort et je ne le souffrirai pas, ces lettres en somme peuvent s'écrire mais sont irrecevables, il y a comme ça des paris intenables, il faut juste le savoir et se garder de jouer, se faire interdire à l'entrée du casino, ce soir pendant la dernière demi-heure c'est devenu injouable, on le dit souvent d'une pelouse détrempée ou d'un stade embrumé mais rarement du jeu lui-même après qu'il est tombé à plat ventre, il y a beaucoup de choses injouables comme ça, se suicider sans pompe est injouable, offrir des fleurs sans misogynie larvée ou second degré est injouable, contre-argumenter sans lui donner raison auprès de qui vous prétend dénué d'humour est injouable, il vaut mieux se taire et s'éclipser, élever un mur de sacs à patates et attendre planqué derrière que la situation pourrie veuille bien tomber de l'arbre, trente jours sédentaires ce serait toujours ça de gagné, les premiers furent difficiles, je n'étais pas organisé, l'espace et le temps étaient mal quadrillés et je me trouvais livré sans défense aux poules. Jour J-29 j'écrivis même trois poèmes. L'un d'eux cependant était en alexandrins, ce qui constituait une renaissance à la codification et promettait quelques gallinacides imminents. À ce titre J-26 marqua une première victoire. Sur le linoléum de ma chambre, je traçai à la peinture blanche un cercle dont je me félicitai de la régularité de l'épaisseur, à peu près onze centimètres. Ce travail aimantant ma concentration quatre heures durant, on peut considérer qu'il tua dans l'œuf une douzaine de poules, parmi lesquelles trois maximes sur la vie qui n'a pas de sens. Le jour suivant j'entrepris de parcourir le cercle en adoptant la technique infantile dite du chou-fleur, le talon du pied gauche avancé venant se coller à la pointe du pied droit, puis celui du droit à celle du gauche et ainsi de suite. Je n'avançais pas vite mais j'avançais juste. Cinquante parcours de la circonférence intégrale m'occupèrent trois jours et boutèrent hors de moi une vingtaine de fragments sur la solitude fondamentale de l'homme. À J-22 je l'encadrai à distance dans des lignes d'épaisseur identique et parallèles par deux, une paire plus longue de 30 % si bien que plus proche du cercle, lignes que je commençai à écumer en adoptant la même technique, chou, fleur, les mains jointes sur le haut du crâne pour épurer la recherche d'équilibre, le menton relevé de trois ou quatre degrés par rapport à son plan moyen, activité qu'à partir de J-20 je complexifiai en m'efforçant au prix d'un écart périlleux de passer des droites au cercle puis dudit auxdites en ajustant aussi précisément que possible le pied dépêché à la ligne visée, compétence que j'acquis en un jour et raffinai encore le surlendemain, J-18, en tendant au même but mais cette fois les yeux fermés ce qui, au reste, s'avéra le jour même aisément exécutable et je décidai de compliquer le tracé au sol d'autres figures conçues plus ou moins arbitrairement, angle de chapeau chinois, queue de chat apeuré ou cobra dressé, heptagone parcouru de frissons etc., si bien qu'à J-17 l'ensemble forma sur toute la surface de la chambre une manière de labyrinthe sans issue que je pouvais me représenter en aveugle et explorer de même, en modifiant le parcours à chaque nouveau départ mais toujours à pas comptés et d'envergure minimale, chou, fleur, car une amplitude supérieure m'aurait exposé à de graves incorrections, intérieur de cercle mordu, ligne droite croisée de biais, courbe négociée en raccourci rectiligne, chou, fleur, J-14, il arrivait cependant que la station verticale conjuguée à la tension des petits pas me fatiguent et contraignent à une pause allongée dont la compote de poules profitait pour émerger à nouveau où sont-ils que font-ils il lui dit je t'aime et elle n'est pas sourde cotcotcotcot, pour y parer je m'efforçais à la gageure d'une horizontalité active et par exemple j'interrogeais mille fois la pertinence du schéma tactique envisagé pour le match de ce soir, car c'était il y a un mois et vous pensez bien que je réfléchissais déjà à la marche à suivre, ou alors je me repassais en esprit les chefs-d'œuvre de ces vingt dernières années, France-URSS, Parc des Princes, septembre 1986, phase éliminatoire du championnat d'Europe, mouvement perpétuel de l'équipe visiteuse, remontées de ballon en ligne brisée, la ligne droite n'est le plus court chemin que pour les imbéciles, invariabilité fascinante de la longueur des passes, dix à quinze mètres jamais moins jamais plus sauf pour les centres mais rares ceux-là, le centre est la maladie infantile du football, 0-2, supériorité du déroulé soviétique sur les banderilles françaises, J-13, où sont-ils que font-ils de quelle couleur est sa jupe, PSV Eindhoven-Real Madrid, mai 1988, demi-finale retour de la coupe d'Europe des clubs champions, le Real joue à l'extérieur mais doit pour gagner prendre l'initiative du jeu et se dispose en conséquence sur le terrain, lignes rapprochées et l'ensemble placé haut, de part et d'autre de la ligne médiane et sur trente mètres pas plus au moment des relances adverses, dès lors récupération rapide du ballon et mise en œuvre inlassable du même parcours de jeu, c'est-à-dire le récupérateur transmet à Martin Vásquez qui nettoie la balle en deux ou trois appuis puis décale à droite Michel, contrôle de celui-ci et longue passe tendue dans les pieds de Butragueno, protection du ballon en mouvement, immobilisation pour fixer deux défenseurs puis service dans la course pour Hugo Sánchez qui frappe instantanément, au-dessus mais sur le renvoi récupération et transmission à Martin Vásquez qui nettoie la balle en deux ou trois appuis puis décale à droite Michel, contrôle de celui-ci et longue passe tendue dans les pieds de Butragueno, protection du ballon en mouvement, immobilisation pour fixer deux défenseurs puis service dans la course pour Hugo Sánchez qui frappe instantanément, au-dessus mais sur le renvoi récupération et transmission et ainsi de suite, la même trajectoire idéale reconduite vingt fois tactactactac, et stérile mais peu importe, maladresse incroyablement répétitive de Hugo Sánchez mais peu importe, J-12, 0-0 Real éliminé mais peu importe, qu'est-ce qu'ils font qu'est-ce qu'il lui dit dans l'oreille peu importe elle n'est pas sourde peu importe sa jupe peu importe, Ajax d'Amsterdam-Milan AC, mai 1995, finale de la Champions League, la préférence de l'esthète va a priori à l'Ajax mais ce soir-là c'est Milan qui invente, déchet zéro, cohésion absolue, rationalité miraculeuse des déplacements cumulés des onze, verrouillage des aires d'initiative potentielle de l'adversaire, toile, tissu, texte, qu'est-ce qu'il lui dit dans l'oreille elle n'est pas sourde, occupation méticuleuse par chacun de son périmètre, il lui dit quelque chose dans l'oreille elle sourit elle n'est pas sourde, quadrillage au millimètre et glissement concerté de l'ensemble si déportation du jeu d'un flanc à l'autre, elle n'est pas sourde elle a mille oreilles dressées pour entendre cotcotcotcot, sitôt la balle récupérée contre-attaque fulgurante avec appui sur Marco Simone qui sert tactactactac les milieux de terrain plongés au centre, elle n'est pas sourde ses mille oreilles dressées frissonnent de plaisir d'entendre ce qu'elles entendent, finalement l'Ajax gagne 1-0 mais peu importe, elle n'est pas sourde, Milan perdant peu importe, elle n'est pas sourde, Milan perdant elle n'est pas sourde J-11 perdant Milan perdant perdant c'est important c'est grave perdant perdant cotcotcotcot tout est perdu j'ai perdu j'ai raté j'ai manqué qu'est-ce qu'il lui dit qu'elle n'est pas assez sourde pour ne pas entendre qu'est-ce qu'ils se disent entre les voitures et les arbres et les chiens qui aboient qu'est-ce qu'ils se disent perdu perdu tout est perdu j'ai perdu parce que je n'ai pas gagné dans la mesure où je n'ai pas gagné j'ai perdu J-10, je me suis retrouvé devant l'ascenseur puis dévalant les marches, je ne m'étais pas senti ouvrir la porte, je ne l'avais pas entendue claquer, peut-être ne l'avais-je pas ouverte, peut-être l'avais-je enfoncée mais je l'aurais entendue ou plutôt non car je n'entendais plus rien je n'entendais que les poules, peut-être étais-je passé au travers, tout était possible car l'espace était n'importe quoi, l'espace bégayait, c'était un espace en forme de dent et de formule creuses, un espace très peu spatial, j'ai dû m'y reprendre à trois fois pour atteindre la porte qui ouvre sur le hall du rez-de-chaussée car le colimaçon de l'escalier me projetait de biais à sa sortie, le long des boîtes aux lettres le concierge a dit bonjour, j'ai dit quelle est la couleur de la jupe qu'ils se disent dans l'oreille ?, dehors j'ai composé dans le vide le digicode, tout à l'envers cotcotcotcot et je m'en rendais compte en plus, la rue avait changé de tête, elle avait de la peinture de guerre sous les yeux et pas d'yeux, je marchais sans y penser, je savais que d'aller où j'allais était n'importe quoi mais y aller était plus fort que la pensée, c'était plus fort que mes pieds, c'était bête comme une chaise et je m'en rendais compte en plus, j'avais juste assez de tête pour me rendre compte que je n'en avais plus, je marchais avec le ventre, un non-pied derrière l'autre, j'avançais à reculons, retour aux sources redescente dans la vallée reflux rechute restauration, l'espace était peu spatial et spécialement au niveau de ses dimensions qui n'avaient plus la même tête, comme les rues qui étaient des fleuves sans lit et l'espace était du chewing-gum à l'abricot, j'en vois qui rient mais ils ne devraient pas, surtout ceux qui ont taclé tout à l'heure car le tacle est un chewing-gum pire encore, à la fraise, J-10, à l'heure qu'il est je suis sûr qu'il cotcotcotcot dans son oreille, où j'allais ne rimait à rien et mes trajectoires non plus, ceux des piétons lents qu'il aurait fallu doubler à droite je les doublais à gauche, du côté du mur auquel je me heurtais sans rien sentir car probablement il n'y avait pas de mur, d'autres je les doublais alors qu'ils allaient plus vite que moi et sans comprendre je les regardais s'éloigner, parfois sans raison je changeais de trottoir, parcourant en vingt pas un laps d'espace pas spatial qu'une diagonale bien pensée avec la tête aurait réglé en deux fois moins de temps pas temporel, J-10, je me suis rendu compte que je courais depuis quand ?, depuis le début, ou pas, souvent un de mes pas précédait le précédent et je manquais tomber mais ne tombais pas car c'était un jour sans gravitation, heureusement et en même temps non, au loin un château m'a semblé un moulin, qu'est-ce qu'ils se disent sous la jupe ?, une étrangère m'a demandé son chemin dans sa langue, je n'ai pas compris qu'elle me demandait son chemin, j'ai dit il n'y a plus de chemin il n'y a que de la compote au long cours, il n'y a pas de longue marche il n'y a que du pédalage dans la semoule, tout est perdu nous sommes perdus, j'étais votre chance historique et à mon tour je flanche, le seul dépositaire du jeu et à mon tour je rampe, le dernier à contaminer et à mon tour je suis porteur du virus, film fantastique moderne fin pas heureuse l'horreur est partout pas un pour rattraper l'autre celui qu'on croyait gentil était un des leurs, fin des hostilités tout le monde d'accord tout le monde pareil comme au premier jour, avant il y avait ici un terrain de football et maintenant c'est un compotier, avec de la compote dedans c'est logique, logique structure fatalité, je suis au regret de vous annoncer que c'est la fin du monde, vous dans les cafés et vous au volant vous êtes perdus et c'est ma faute car j'ai perdu, la face, j'ai perdu et vous êtes perdus, vous serez poussière comme prévu je n'ai rien pu faire, vous êtes rien, viande morte, triste chair, sa jupe n'est pas sourde, elle a des oreilles je lui en ai vu, des oreilles en chewing-gum, j'ai la douleur de vous annoncer la mort de tout, j'ai beaucoup marché contre mais maintenant je n'ai plus les jambes, j'ai tellement marché que je ne les sens plus et c'est normal car je n'en ai plus, j'aurai tout tenté mais maintenant je vais droit dans le mur en chewing-gum et je ne m'en relèverai pas car ce mur a des oreilles comme sa jupe, ça ne tombera pas dans l'oreille d'un sourd, ça se saura, ils diront vous voyez même lui il a perdu pied c'est bien la preuve que de tout temps l'homme a rampé, qu'il est né ver et l'est resté, tout sera perdu tout l'est déjà, vous qui croyez marcher vous serez définitivement perdus dans les rues qui seront pour toujours des fleuves sans lit, vous ne dormirez plus et vous ne serez plus que des cernes sans yeux et vous n'aurez plus qu'à nager parce qu'après moi le déluge, dans l'arche il faudra tout reprendre à zéro, moi je serai un rampant comme aujourd'hui et il y aura avec moi une taupe, un termite, une fourmi, une autre taupe encore plus aveugle, un spéléologue, une autre taupe encore plus aveugle, une plate-forme de forage, un tuyau de canalisation, une autre taupe encore plus aveugle, une bouche de métro, que des choses habilitées au très-bas, à nouveau il nous faudra nous extirper, nous commencerons par nous déployer en un 4-4-2 classique, deux milieux défensifs et deux offensifs dont un excentré sur le même côté que le latéral le plus offensif de sorte que chaque flanc ait sa doublette complémentaire, après quoi nous tenterons un 4-5-1, organisation a priori moins tournée vers l'attaque mais c'est un trompe-l'œil car l'ensemble peut se reconfigurer en 4-2-4 dans les phases de possession du ballon, et là tactactactac, pour peu que tous les joueurs portent une jupe ce sera implacable, a fortiori si chacune sourit avec ses oreilles, car elles en ont, mille, comme le mur dans lequel je vais droit, ou pas droit, là où je vais rien à gagner, tout à perdre, que du moins que du pire, n'importe quoi, rime à rien, poème en prose sans poème, que du prosaïque, que du moite, que du vaudeville mais c'est bien naturel, c'est authentique, ce sont des produits artisanaux, l'étrangère ne m'entendait sans doute plus car je n'avais pas cessé de courir depuis quand ? et l'immeuble était en vue, c'était également un moulin, debout devant sa boutique mais sans jambes l'épicier m'a reconnu, j'étais souvent venu dans le moulin en face de sa boutique, on y fait du pain, du bon pain qui vient de loin, du bon pain qui vient de la terre, aujourd'hui je suis venu pour m'enterrer, il a dit vous êtes bien pressé, j'ai dit je cours à notre perte, je ne l'ai pas dit, sur le clavier du digicode j'ai composé J-11 en souvenir de mon vivant, la porte était déjà ouverte, ou peut-être l'ai-je enfoncée mais c'est peu probable car je ne suis pas fort, nous ne sommes pas forts, c'est les journalistes qui le disent, ils disent bâtis comme vous êtes on ne voudrait même pas de vous comme poteaux de corner, au bas de l'escalier je ne me rappelais plus son mode d'emploi, confondant avec une tondeuse j'ai poussé dessus, confondant avec un cheval je l'ai fouetté mais il n'avançait pas puis j'ai vu réapparaître mes pieds et ça m'est revenu, il est revenu aussi un peu d'espace spatial, d'avoir quitté le fleuve me rassérénait, j'ai posé un pied sur la première marche puis l'autre sur la même car sur la suivante c'eût été trop d'un coup, cela je ne l'ai pu qu'après le deuxième palier, par la suite j'ai progressé presque normalement, spatialement, sans toutefois prendre le risque de sauter une marche, cela je ne l'ai pu que quand le fleuve sans lit a été vraiment inaudible, pour la première fois depuis le départ je m'entendais suffoquer, j'ai même eu la lucidité de penser que la rampe me serait de quelque secours et surmontant mon appréhension qu'elle soit du chewing-gum à la fraise je l'ai saisie, elle n'était pas du chewing-gum à la fraise, elle n'était pas un tacle, soutenue par elle je me suis hissé plus facilement, mes pieds se complétant comme à la grande époque des pieds, chou puis fleur avec variation verticale, j'ai fini par accéder à l'étage en question qui était je ne savais plus le quantième et je me suis arrêté sur le seuil de cette porte à laquelle je m'étais astreint de mon vivant à ne frapper que rarement, et encore du bout de l'ongle de l'index, comme un compromis entre frapper et ne pas frapper, entre quelque chose et rien, mais présentement il n'y avait pas à frapper ou à ne pas frapper, avec l'ongle ou avec un bélier, présentement il n'y avait rien à faire, je n'avais rien à faire là, j'y étais, je n'avais rien à faire là que mourir, fin de partie, évacuation des tribunes, bloquant ma respiration j'ai tendu l'oreille vers cette porte dont le seuil m'avait aimanté depuis chez moi depuis chez qui ?, la minuterie était un criquet, j'ai entendu une voix masculine, il était là naturellement, naturellement, pas un jour sans te voir pas un soir hors de toi passion passion enlacés toujours toute la vie et au-delà emmêlons-nous confondons-nous lesquels sont tes bras lesquels sont les miens parmi tes oreilles il y en a à moi parmi mes oreilles il y en a à toi passion passion mes poux dans tes cheveux où tu es je suis où je suis tu es ombres réciproques passion passion, j'étais plus calme maintenant et j'étais comme un con, ne pouvant ni rester ni partir, paralysé entre chien et loup, si je frappais elle ouvrirait et alors lit armoire ciel mon boulevard cotcotcotcot, c'était injouable, tout le goût du monde n'y suffirait pas, il y a comme ça des parties injouables pour cause de stade embrumé auxquelles il vaut mieux se soustraire et je ne me soustrayais pas, je ne bougeais pas, je demeurais, pas en paix, car passée la démangeaison prioritaire des doigts c'est mon pied maintenant qui était tenté de frapper, le droit, oh ! Julie oh ! notre amour perdu mon pied droit refusait de se retourner parce qu'il ne jurait plus que par l'envie de se jeter tête la première contre ta porte, ce même outil qui sauf son bref désistement sur la route jusqu'à ce seuil s'était toujours tenu irréprochablement droit se comportait maintenant comme un organe, je résistais, essayant avec ma tête de le prendre de haut, pensant c'est injouable, rime à rien, coup de pied prosaïque, elle sortirait, me rejoindrait dans l'escalier où j'aurais fui après mon forfait, me verrait misérable, me serrerait dans ses bras en disant que sais-je ? des choses inaudibles, il apparaîtrait, nous trouverait vautrés, pleurerait, elle le serrerait dans ses bras en lui disant que sais-je ? des choses que je n'entendrais pas, c'était injouable, c'était juste de la tristesse en plus, il y a comme ça des pelouses détrempées qu'il vaut mieux ne pas fouler et moi j'avais un pied dessus, mais un seulement voilà l'espoir, un pied seulement compromis voilà le salut possible, certes je demeurais là mais je n'allais pas plus loin, je résistais, je me disais sauve ce qui peut encore l'être, comme quand dans les films américains le héros se dit sauve ce qui peut encore l'être, je me disais sauve-toi, sauve-toi, ne fais pas un pas de plus en avant, en arrière, reste de ce côté de la porte, ne retourne pas là-bas, j'en vois qui rient mais savent-ils la douleur intolérable de courir à ce qu'on déteste ?, je regardais ce pied rallié au ventre et je me disais retourne-le, retourne la situation et sauve-toi, sauve-toi mais comment faire ?, au-dessus de ce pied enraciné je pensais comment faire ?, temps suspendu, temps arrêté, des milliers d'années à demander comment faire ? Alors je me suis souvenu de l'exercice par quoi chaque année nous reprenons l'entraînement et qui vous fait rire. C'est le b.a.-ba du pied de football, son cri primitif, sa naissance au jeu. Je demande que vous vous teniez raides, les deux pieds joints orientés vers l'avant, et qu'à mon signal le droit adopte le mouvement de la trotteuse d'une montre, doucement, très doucement, au seuil de vitesse qui vient juste après l'immobilité, le pied parcourant en pas moins d'une minute l'équivalent d'une seconde pour une aiguille, c'est-à-dire géométriquement parlant six degrés. Mathématiquement cela dure au moins un quart d'heure et vous pestez mais à la fin c'est merveille comme vos deux pieds forment un angle droit et comme celui qui des deux a biaisé offre son plat au ballon qui viendra. Vous avez distordu leur agencement naturel, vous êtes prêts à jouer. J'ai regardé mon pied qui obstinément regardait la porte de Julie et fantasmait l'impact, pensant tords-le retourne-le et sauve-toi, pensant procédons par ordre, pensant commençons par le début et poursuivons par la suite, première seconde six premiers degrés une minute, pensant sauve-toi, deuxième seconde orientation à douze degrés une minute aussi, n'entendant plus rien, troisième seconde dix-huit degrés une minute encore, n'entendant plus les poules, n'entendant que tictactictac, quatrième seconde vingt-quatre degrés un peu moins d'une minute mouvement commençant à s'autopropulser, pensant miracle de la distorsion, grâce de l'infléchissement, sixième seconde trente-six degrés quarante-cinq secondes seulement, oh ce moment où sous la coupe encore de l'aimant l'aiguille en métal enclenche le mouvement opposé, oh coexistence du désir et de sa répression, oh s'adosser à un vent arrière fort comme une poussée, septième seconde quarante-deux degrés quarante secondes, encore immergé mais tête hors de l'eau, ventre et justesse œuvrant dans l'adversité au triomphe consistant de la seconde, huitième seconde quarante-huit degrés trente-deux secondes, double-vitesse interne, gros plan de cinéma sur visage en mouvement, sur le vélo lâcher le guidon et fermer les yeux, neuvième seconde cinquante-quatre degrés vingt-neuf secondes, mouvement statique, avant l'exécution de la passe suspension du déplacement continué des dix autres par sa saisie géométrique, dixième seconde soixante degrés vingt-six secondes, beauté de la joie contenue après un but, glace de l'élégance sur le feu encore vigoureux de l'euphorie, onzième seconde soixante-six degrés vingt-quatre secondes, grandeur de qui ne rit pas de son bon mot, douzième seconde douze degrés vingt secondes élan exponentiel plus rien ne m'arrêtera je n'y retournerai pas, treizième seconde soixante-douze degrés quinze secondes sprint final, quatorzième seconde tellement rapide pas le temps de penser, dernière seconde même chose sauvé sauvé, pied droit à quatre-vingt-dix degrés maintenant si bien qu'entraînant l'autre à sa suite, quatre-vingt-dix degrés à son tour mais beaucoup plus vite, si bien que joints à nouveau mais perpendiculaires cette fois à la porte, si bien que moi de profil par rapport à elle, n'entendant plus du tout les poules mais méthodique encore par précaution, à nouveau pied droit distordu en trotteuse jusqu'à quatre-vingt-dix degrés si bien qu'à nouveau entraînant l'autre qui même parcours en moins de temps si bien que joints à nouveau mais cette fois talons toisant la porte si bien que moi dos à elle et maintenant m'éloignant, un pied devant l'autre puis un sous l'autre dans l'escalier, une marche à la fois, un étage puis deux puis trois, m'appuyant à la rampe puis plus, quatre étages puis cinq puis six rez-de-chaussée sauvé sauvé, je me suis sauvé, mon pied aurait dû frapper la porte mais non, tout l'y destinait mais non, j'étais parti du plus bas mais non, sauvé sauvé, la rue était de nouveau de l'espace, sauvé sauvé mais le soleil se couchait d'un côté et se levait de l'autre, c'était étrange, on ne savait pas bien, à l'épicier qui avait retrouvé ses jambes j'ai dit tout est perdu et tout n'est pas perdu car je n'ai pas cédé et néanmoins tout est perdu je ne sais pas bien, c'est une drôle de victoire, c'est une victoire qui consomme la défaite, il a dit oui, je me suis éloigné et j'en vois qui rient mais je pleurais car c'était fait, on y était, ce que sans le savoir j'avais toujours su était su, ce que sans le voir j'avais toujours vu venir était venu, il y avait un côté qui n'était pas pour moi c'était su c'était venu, j'étais resté de ce côté-ci de la porte et étais voué à y demeurer, jamais plus je n'en franchirais le seuil, j'avais cru qu'on la passait forcément un jour parce qu'il faut bien rentrer à la maison mais non, j'en vois qui rient mais c'était une drôle de nouvelle, j'étais pour toujours de l'autre côté, de l'autre côté de la vie comme dit je ne sais plus qui, j'avais souvent cité cette formule sans vraiment y croire, pour faire le malin, mais maintenant c'est l'air que j'avais malin parce qu'elle était très vraie et moi j'étais en plein milieu d'elle, les deux pieds dedans, les deux pieds dans l'autre côté de la vie, dans sa doublure, non pas la vie mais son squelette conceptuel, son hiéroglyphe, la vie telle que filtrée par la porte, telle qu'éclusée par la lettre du jeu, la vie passée dans le texte, l'amour et l'humain et la vie sont passés dans le texte, réduits à presque rien, de l'autre côté de la vie tout est réduit à presque rien, c'est presque la mort, c'est la mort à la vie près, je suis presque mort, ma vie ne pèse pas lourd, elle est impondérable, comme nos passes, nos passes qui trouent l'espace et se dissolvent dans l'air, légères comme lui, fluettes comme nous, ils disent que nos shorts sont des jupes parce qu'ils flottent autour de nos cure-dents de jambes, en ce moment encore j'entends sans l'entendre mon homologue, ainsi le nommé-je par antiphrase, le rappeler à ses joueurs de l'autre côté de ce mur, il dit effleurez-les ils tomberont, il dit soufflez dessus ils s'envoleront, il a bien raison, nous sommes malingres au point que transparents, nous sommes invisibles à l'existence près, dans la rue les gens ne nous voient pas, ils nous bousculent et c'est nous qui nous excusons parce qu'alors monte dans nos gorges cette honte inexpliquée d'exister, nous nous excusons et ils n'entendent pas car nos bouches restent sans voix, nous reprenons notre marche et chaque pas nous est une peine, chaque mètre carré un piège, parfois nous avons trop peur et alors nous faisons halte dans un café où il nous faut lever le doigt haut et longtemps pour être remarqués du serveur, après la commande nous ouvrons des journaux de gauche, ou alors si nous nous trouvons deux nous parlons, ce sont des paroles pour presque rien, subtiles car nous savons parler mais pour presque rien, après leur exhalaison on les voit s'élever soutenues par la fumée de nos cigarettes et se dissoudre avec elles, mort-nées, éternelles peut-être, à un moment de la nuit nous regagnons des chambres sans meuble et que les jours de vent font trembler, châteaux de cartes dont les murs blancs sont à notre image, quelconques, anodins, petits fonctionnaires de la vie, gratte-papiers, passants inaperçus, quand nous mourrons personne ne s'en rendra compte, la soustraction sera dérisoire, au préalable nous aurons demandé à un ami de détruire tout ce que nous n'aurons pas écrit, pas plus que de notre vivant nous ne laisserons de traces de notre passage, nous ne laisserons pas de souvenirs, nous ne laisserons pas d'enfants, nous ne laisserons rien, nous laisserons le monde à nos vainqueurs qui n'auront pas attendu ce moment pour à juste titre se proclamer tels, dès le début nous étions perdants, dès le début nos mines étaient défaites et il faut que vous le sachiez ce soir encore nous allons perdre, sans doute je ne devrais pas vous le dire, aucun entraîneur au monde ne dirait une chose pareille à ses joueurs au moment d'entamer une prolongation mais ce soir nous allons perdre, dans un peu plus d'une demi-heure nous sortirons du terrain et nous ne serons pas champions d'Europe, nous ne serons jamais champions d'Europe, j'en vois qui pleurent et sans doute je ne devrais pas dire des choses pareilles mais je les dis parce que peu doit nous importer tout cela, tout cela n'est pas pour nous, tout cela est un truc inventé par et pour eux, inutile de le briguer car ils veulent tout et l'auront et se le partageront pour mieux se le disputer ou l'inverse, récemment ils ont encore franchi une étape sur cette voie en se fédérant sous le nom de club Europe, douze équipes autodésignées reines du continent et confédérées pour s'affronter sans dégâts, ils veulent l'aventure sans les impondérables, la concurrence sans la défaite et bientôt ils auront ce qu'ils veulent, bientôt ils ne joueront plus qu'entre eux et rien n'aura vraiment changé, au fond ils n'ont jamais joué qu'entre eux, parfois nous avons cru pouvoir participer voire les écarter mais c'était un leurre, un leurre et une erreur que de le vouloir, nous nous trompions sur les fins, les fins sont les leurs, les fins en tant que fins sont toujours les leurs, nous avons voulu opposer au leur un projet à nous mais c'était mal vu et mal pensé car ce genre de mots n'engage qu'eux, projet, sens, finalité, réussite, suprématie, pouvoir, nation, diplomatie, nations, stratégie, multinations, fusions, mes poux dans tes cheveux, oh ! Julie oh ! notre amour fondu notre amour perdu notre amour défait notre amour échoué si près de la ligne, de la ligne d'horizon mais l'horizon n'est pas une juste fin, il est trop loin et le global trop grand, tout cela ne nous est rien, tout est perdu mais tout est rien, à nous ne sont échues et c'est tant mieux que des grâces mineures, glissées dans les creux du temps, soudain au creux d'un match quatre passes en trapèze tactactactac acrobatie puis plus rien jusqu'à la prochaine figure, plus rien que l'histoire en marche de leur victoire, sur la durée nous sommes toujours perdants, les grands récits nous laissent pour morts, seules les parenthèses nous ravivent, ce soir la parenthèse a duré une heure mais les minutes qui ont passé depuis et passeront maintenant profilent notre défaite, j'entends l'arbitre qui s'approche pour sonner l'heure de la reprise, glas pour nous clairon pour eux, cavalerie à l'aube du sacre, je les entends qui trépignent, ils sont déjà dans le couloir, pressés d'en découdre, pressés d'en finir avec nous et qu'on se taise, écrasés les moustiques n'irriteront plus leurs chevaux qui maintenant s'ébrouent d'animosité contenue et se laissent monter sans selle sous les aboiements de mon homologue, ainsi le nommé-je avec la bienveillance du mépris, dans une demi-heure ils le sentent ils seront champions d'Europe, ce sont des choses qu'ils sentent, l'habitude de la victoire leur a forgé cette intuition, dans une demi-heure ils seront champions d'Europe et brandiront à bout de bras le trophée dont on afflige les misérables vainqueurs, et nous nous aurons perdu mais nous ne nous suiciderons pas, ce soir nous pourrions nous laisser mourir comme mille fois auparavant mais pour la millième fois nous resterons vivants, ce soir pour la millième fois quelque chose nous retiendra dans la vie, quelque chose oui, trois fois rien, un fil, de ces fils qui ne se voient pas et ne tiennent qu'à eux-mêmes, après chaque défaite nous pourrions mourir mais à chaque fois nous retient la conviction furtive, précaire, ténue, réversible, la conviction dis-je d'avoir joué juste.

DU MÊME AUTEUR

Aux Éditions Verticales

JOUER JUSTE, 2003 (Folio n° 4794)

DANS LA DIAGONALE, 2005

ENTRE LES MURS, 2006 (Folio n° 4523)

FIN DE L'HISTOIRE, 2007

Aux Éditions Gallimard

UNE ANNÉE EN FRANCE. Référendum/banlieues/CPE, avec Arno Bertina et Oliver Rohe, 2007

Aux Éditions Naïve

UN DÉMOCRATE, MICK JAGGER, 1960-1969, 2005

COLLECTION FOLIO

Dernières parutions

4595. Alessandro Baricco — *Homère, Iliade.*
4596. Michel Embareck — *Le temps des citrons.*
4597. David Shahar — *La moustache du pape* et autres nouvelles.
4598. Mark Twain — *Un majestueux fossile littéraire* et autres nouvelles.
4599. André Velter — *Zingaro suite équestre* (nouvelle édition)
4600. Tite-Live — *Les Origines de Rome.*
4601. Jerome Charyn — *C'était Broadway.*
4602. Raphaël Confiant — *La Vierge du Grand Retour.*
4603. Didier Daeninckx — *Itinéraire d'un salaud ordinaire.*
4604. Patrick Declerck — *Le sang nouveau est arrivé. L'horreur SDF.*
4605. Carlos Fuentes — *Le Siège de l'Aigle.*
4606. Pierre Guyotat — *Coma.*
4607. Kenzaburô Ôé — *Le faste des morts.*
4608. J.-B. Pontalis — *Frère du précédent.*
4609. Antonio Tabucchi — *Petites équivoques sans importance.*
4610. Gonzague Saint Bris — *La Fayette.*
4611. Alessandro Piperno — *Avec les pires intentions.*
4612. Philippe Labro — *Franz et Clara.*
4613. Antonio Tabucchi — *L'ange noir.*
4614. Jeanne Herry — *80 étés.*
4615. Philip Pullman — *Les Royaumes du Nord. À la croisée des mondes, I.*
4616. Philip Pullman — *La Tour des Anges . À la croisée des mondes, II.*
4617.Philip Pullman — *Le Miroir d'Ambre. À la croisée des mondes, III.*

4618. Stéphane Audeguy — *Petit éloge de la douceur.*
4619. Éric Fottorino — *Petit éloge de la bicyclette.*
4620. Valentine Goby — *Petit éloge des grandes villes.*
4621. Gaëlle Obiégly — *Petit éloge de la jalousie.*
4622. Pierre Pelot — *Petit éloge de l'enfance.*
4623. Henry Fielding — *Histoire de Tom Jones.*
4624. Samina Ali — *Jours de pluie à Madras.*
4625. Julian Barnes — *Un homme dans sa cuisine.*
4626. Franz Bartelt — *Le bar des habitudes.*
4627. René Belletto — *Sur la terre comme au ciel.*
4628. Thomas Bernhard — *Les mange-pas-cher.*
4629. Marie Ferranti — *Lucie de Syracuse.*
4630. David McNeil — *Tangage et roulis.*
4631. Gilbert Sinoué — *La reine crucifiée*
4632. Ted Stanger — *Sacrés Français ! Un Américain nous regarde.*
4633. Brina Svit — *Un cœur de trop.*
4634. Denis Tillinac — *Le venin de la mélancolie.*
4635. Urs Widmer — *Le livre de mon père.*
4636. Thomas Gunzig — *Kuru.*
4637. Philip Roth — *Le complot contre l'Amérique.*
4638. Bruno Tessarech — *La femme de l'analyste.*
4639. Benjamin Constant — *Le Cahier rouge.*
4640. Carlos Fuentes — *La Desdichada.*
4641. Richard Wright — *L'homme qui a vu l'inondation* suivi de *Là-bas, près de la rivière.*
4642. Saint-Simon — *La Mort de Louis XIV.*
4643. Yves Bichet — *La part animale.*
4644. Javier Marías — *Ce que dit le majordome.*
4645. Yves Pagès — *Petites natures mortes au travail.*
4646. Grisélidis Réal — *Le noir est une couleur.*
4647. Pierre Senges — *La réfutation majeure.*
4648. Gabrielle Wittkop — *Chaque jour est un arbre qui tombe.*
4649. Salim Bachi — *Tuez-les tous.*
4650. Michel Tournier — *Les vertes lectures.*
4651. Virginia Woolf — *Les Années.*
4652. Mircea Eliade — *Le temps d'un centenaire* suivi de *Dayan.*
4653. Anonyme — *Une femme à Berlin. Journal 20 avril-22 juin 1945.*

4654. Stéphane Audeguy	*Fils unique.*
4655. François Bizot	*Le saut du Varan.*
4656. Pierre Charras	*Bonne nuit, doux prince.*
4657. Paula Fox	*Personnages désespérés.*
4658. Angela Huth	*Un fils exemplaire.*
4659. Kazuo Ishiguro	*Auprès de moi toujours.*
4660. Luc Lang	*La fin des paysages.*
4661. Ian McEwan	*Samedi.*
4662. Olivier et Patrick Poivre d'Arvor	*Disparaître.*
4663. Michel Schneider	*Marilyn dernières séances.*
4664. Abbé Prévost	*Manon Lescaut.*
4665. Cicéron	*« Le bonheur dépend de l'âme seule ».* Tusculanes, *livre V.*
4666. Collectif	*Le pavillon des Parfums-Réunis.* et autres nouvelles chinoises des Ming.
4667. Thomas Day	*L'automate de Nuremberg.*
4668. Lafcadio Hearn	*Ma première journée en Orient* suivi de *Kizuki le sanctuaire le plus ancien du Japon.*
4669. Simone de Beauvoir	*La femme indépendante.*
4670. Rudyard Kipling	*Une vie gaspillée* et autres nouvelles.
4671. D. H. Lawrence	*L'épine dans la chair* et autres nouvelles.
4672. Luigi Pirandello	*Eau amère.* et autres nouvelles.
4673. Jules Verne	*Les révoltés de la Bounty* suivi de *maître Zacharius.*
4674. Anne Wiazemsky	*L'île.*
4675. Pierre Assouline	*Rosebud.*
4676. François-Marie Banier	*Les femmes du métro Pompe.*
4677. René Belletto	*Régis Mille l'éventreur.*
4678. Louis de Bernières	*Des oiseaux sans ailes.*
4679. Karen Blixen	*Le festin de Babette.*
4680. Jean Clair	*Journal atrabilaire.*
4681. Alain Finkielkraut	*Ce que peut la littérature.*
4682. Franz-Olivier Giesbert	*La souille.*
4683. Alain Jaubert	*Lumière de l'image.*
4684. Camille Laurens	*Ni toi ni moi.*

4685. Jonathan Littell — *Les Bienveillantes.*
4686. François Weyergans — *La démence du boxeur.* (à paraître)
4687. Frances Mayes — *Saveurs vagabondes.*
4688. Claude Arnaud — *Babel 1990.*
4689. Philippe Claudel — *Chronique monégasque* et autres textes.
4690. Alain Rey — *Les mots de saison.*
4691. Thierry Taittinger — *Un enfant du rock.*
4692. Anton Tchékhov — *Récit d'un inconnu* et autres nouvelles.
4693. Marc Dugain — *Une exécution ordinaire.*
4694. Antoine Audouard — *Un pont d'oiseaux.*
4695. Gérard de Cortanze — *Laura.*
4696. Philippe Delerm — *Dickens, barbe à papa.*
4697. Anonyme — *Le Coran.*
4698. Marguerite Duras — *Cahiers de la guerre* et autres textes.
4699. Nicole Krauss — *L'histoire de l'amour.*
4700. Richard Millet — *Dévorations.*
4701. Amos Oz — *Soudain dans la forêt profonde.*
4702. Boualem Sansal — *Poste restante : Alger.*
4703. Bernhard Schlink — *Le retour.*
4704. Christine Angot — *Rendez-vous.*
4705. Éric Faye — *Le syndicat des pauvres types.*
4706. Jérôme Garcin — *Les sœurs de Prague.*
4707. Denis Diderot — *Salons.*
4708. Isabelle de Charrière — *Sir Walter Finch et son fils William.*
4709. Madame d'Aulnoy — *La Princesse Belle Étoile et le prince Chéri.*
4710. Isabelle Eberhardt — *Amours nomades.*
4711. Flora Tristan — *Promenades dans Londres.* (extraits)
4712. Mario Vargas Llosa — *Tours et détours de la vilaine fille.*
4713. Camille Laurens — *Philippe.*
4714. John Cheever — *The Wapshot.*
4715. Paule Constant — *La bête à chagrin.*
4716. Erri De Luca — *Pas ici, pas maintenant.*
4717. Éric Fottorino — *Nordeste.*

4718. Pierre Guyotat	*Ashby* suivi de *Sur un cheval.*
4719. Régis Jauffret	*Microfictions.*
4720. Javier Marías	*Un cœur si blanc.*
4721. Irène Némirovsky	*Chaleur du sang.*
4722. Anne Wiazemsky	*Jeune fille.*
4723. Julie Wolkenstein	*Happy End.*
4724. Lian Hearn	*Le vol du héron. Le Clan des Otori, IV.*
4725. Madame d'Aulnoy	*Contes de fées.*
4726. Collectif	*Mai 68, Le Débat.*
4727. Antoine Bello	*Les falsificateurs.*
4728. Jeanne Benameur	*Présent?*
4729. Olivier Cadiot	*Retour définitif et durable de l'être aimé.*
4730. Arnaud Cathrine	*La disparition de Richard Taylor.*
4731. Maryse Condé	*Victoire, les saveurs et les mots.*
4732. Penelope Fitzgerald	*L'affaire Lolita.*
4733. Jean-Paul Kauffmann	*La maison du retour.*
4734. Dominique Mainard	*Le ciel des chevaux.*
4735. Marie Ndiaye	*Mon cœur à l'étroit.*
4736. Jean-Christophe Rufin	*Le parfum d'Adam.*
4737. Joseph Conrad	*Le retour.*
4738. Roald Dahl	*Le chien de Claude.*
4739. Fédor Dostoïevski	*La femme d'un autre et le mari sous le lit.*
4740. Ernest Hemingway	*La capitale du monde* suivi de *l'heure triomphale de François Macomber.*
4741. H.P Lovecraft	*Celui qui chuchotait dans les ténèbres.*
4742. Gérard de Nerval	*Pandora* et autres nouvelles.
4743. Juan Carlos Onetti	*À une tombe anonyme.*
4744. R.L. Stevenson	*La Chaussée des Merry Men.*
4745. H.D. Thoreau	*« Je vivais seul, dans les bois ».*
4746. Michel Tournier	*L'aire du Muguet,* suivi de *La jeune fille et la mort.*

Composition Nord compo
Impression Novoprint,
à Barcelone, le 13 août 2008
Dépôt legal : août 2008

ISBN 978-2-07-035880-9 /Imprimé en Espagne.

160466